MINHA VIDA COM MAMÃE
E OUTRAS HISTÓRIAS DE FAMÍLIA

Bety Orsini

MINHA VIDA
COM MAMÃE
E OUTRAS HISTÓRIAS DE FAMÍLIA

Ilustrações
BEBEL CALLAGE

Copyright © 2012 Bety Orsini

Direitos desta edição reservados à
EDITORA ROCCO LTDA.
Av. Presidente Wilson, 231 – 8º andar
20030-021 – Rio de Janeiro, RJ
Tel.: (21) 3525-2000 – Fax: (21) 3525-2001
rocco@rocco.com.br
www.rocco.com.br

Printed in Brazil/Impresso no Brasil

preparação de originais
Rosana Caiado

CIP-Brasil. Catalogação na fonte.
Sindicato Nacional dos Editores de Livros, RJ.

O85m	Orsini, Elisabeth
	Minha vida com mamãe e outras histórias de família / Bety Orsini.
	– Rio de Janeiro: Rocco, 2012.
	ISBN 978-85-325-2758-5
	1. Mães – Crônicas. 2. Crônica brasileira. I. Título.
12-1298	CDD-869.98
	CDU-821.134.3(81)-8

SUMÁRIO

Apresentação 7

MÃE É UMA SÓ

Tudo sobre minha mãe 11
Mães farejadoras 15
Um, dois, três e já 18
"Ponha-se no seu lugar, Elizabeth" 22
A alegria vive em nós 25
Vivinha da silva 29
Amigos, amigos, Limoges à parte 32
A bolsa e a vida 35
Palavras por dizer 38

MÃE É TUDO IGUAL

Socorrooo, atirem mamãe do trem 45
Mulher de peito 48
A mãe e a luva 51
Programa de índio 54
Raglan, nunca mais 58
Suco de luz da vida 61
Deu no iogurte 65
Síndrome da mosca-varejeira 69
De olhos fechados e coração nem tanto 72

Mamãe brilha mais do que as estrelas 76
A sete palmos 79
No fogão com Silvana 82

MÃE É FOGO

Papo calcinha 87
Toalha indiscreta 89
Eu só queria que você soubesse 93
Deliciosamente devassa 96
O adorável homem das neves 99
Shunga e saquepirinha no café parador............. 103
O motorista baiano.. 107
Bananas eróticas... 110
Mamãe e Dr. Hollywood 113
O número dois... 117
Obra completa 121

VOVÔ, PAPAI, TITIA

Comer, berrar, amar... 127
Coisas que ganhamos pelo caminho................... 129
Não adianta nem tentar 135
O charme do tio Ary.. 138
A filha seca.. 141
O avô da pedra verde 144
O pecado mora ao lado 149
Não abra a porta.. 153
Amor com molho de tomate 157
Volto já 160
Uma tarde com papai 164
Silêncio de domingo.. 167
Carta para o meu neto... 171

APRESENTAÇÃO

"E-li-za-be-th". É sempre desse jeito, falando meu nome em tom arrastado, com entonações contrariadas, que mamãe começa um pito. Mas nem sempre foi assim. Quando eu era criança, ela era mulher de pouquíssimas palavras. A família conta que, quando as visitas tentavam ir embora, eu, pequenina, fazia as honras da casa e insistia que os convidados ficassem, repetindo várias vezes a frase "Toma mais um cafezinho, toma". E todo mundo achava engraçado ver aquela mãe silenciosa capitaneada por uma garotinha desinibida que não tinha medo das palavras. Com o tempo, essa aparente fragilidade de mamãe foi embora. Dona Amélia, que sempre cedia ao comando de meu pai, começou a falar mais alto, a enfrentar as decisões que ele tomava sem consultar ninguém à sua volta. Com o passar dos anos, percebi que, ao contrário do que todos pensavam, o silêncio habitual tornava minha mãe mais poderosa. Tivemos problemas comuns entre mãe e filha. Eu, é claro, sempre acusava mamãe dos meus eventuais fracassos e ela respondia com tranquilidade: "Você é uma criminosa, E-li-za-be-th, eu jamais fiz (ou disse) isso." E depois de um momento de estresse ríamos muito, porque humor não nos falta.

Quando meu pai morreu, há 14 anos, mamãe veio morar comigo. E então fui conhecendo outra dona Amélia. Abnegada, orgulhosa, bem-humorada e sempre disposta a fazer qualquer coisa para os filhos e os netos. Aos 86 anos, completamente lúcida, ela sempre faz observações certeiras que fazem toda a família rir. Esse livro nasceu da nossa estreita convivência, que inspira boa parte das minhas crônicas publicadas, todos os sábados, no *Globo* Niterói. Hoje, reconheço que dona Amélia está entre os melhores presentes que recebi e que tê-la ao meu lado, a esta altura do caminho, é um privilégio. Não consigo imaginar minha vida sem mamãe.

Dedico este livro a todas as mães que, como a minha, sempre priorizaram o afeto pelos filhos: as que já se foram, as que estão por aqui, as que carregam no ventre sua criação maior.

MÃE É UMA SÓ

TUDO SOBRE MINHA MÃE

Jamais li um romance que falasse com tanta beleza do amor de mãe. Trata-se de *O livro da minha mãe*, do escritor grego Albert Cohen. Comprei esta pequena joia há muitos anos, não me lembro em que livraria nem mesmo quem recomendou sua leitura, mas não importa. O que ficou em mim foi a beleza, a força, a sensação de que é preciso dizer "eu te amo, mãe" enquanto ela está perto de nós. Não é o livro de um filho para sua mãe, mas um livro de todos os filhos para suas mães e que fala de um encontro imaginário entre o protagonista atormentado com sua própria mãe. Perturbadora e sublime ao mesmo tempo, a obra de Cohen me fez olhar com outros olhos para minha mãe.

Confesso que só a maturidade me fez entender a força de dona Amélia. No ardor da adolescência, lamentava que ela não fosse entrar para a história como a "Mãe coragem", de Brecht, nem tivesse alguma semelhança com a protagonista do romance *A mãe*, de Máximo Gorki.

Agora, com o tempo correndo mais veloz do que nunca, entendo que ela é muito mais grandiosa do que esses personagens, simplesmente porque é minha mãe.

Hoje, quando a vejo sentada no sofá da sala, com os lábios pintados cor de carmim, as unhas sempre impecáveis e um riso infantil para os seus 80 anos, entendo, enfim, coisas que jamais entendi: a sabedoria do seu jeito silencioso e o privilégio de tê-la ainda ao meu lado. Quando penso nisso, meus olhos se enchem de lágrimas, e é inevitável a pergunta: quanto tempo ainda nos resta? E, então, sou possuída por uma estranha felicidade, lembrando-me de tantos detalhes do cotidiano que me passaram despercebidos: o uniforme de colégio sempre impecável; os cabelos escovados; os cadernos encapados com capricho; o pão com ovo embrulhado num guardanapo de pano que ela colocava na lancheira; os bolinhos de chuva polvilhados com canela que ela fazia todas as tardes; o primeiro vestido de festa que tive, rosa-shocking com a gola toda bordada por ela com paetês; o dinheiro que ela me emprestou para comprar meu primeiro apartamento e que nem mesmo lembro se devolvi; a manga madura picadinha; o esforço para que eu consiga levar adiante uma nova dieta; o seu olhar sem reprovação para os meus amores; sua admiração por meus sucessos e nenhuma crítica pelos meus fracassos; enfim, a aceitação incondicional de tudo que sou.

Tudo bem, nunca entendi por que ela quis que eu enfrentasse a mosca-varejeira na mesa da cozinha do nosso antigo apartamento no Lins de Vasconcelos, e tremi quando me obrigou, também, a enfrentar o vizinho do apartamento da frente que gostava de me bater. ("Você não entra em casa se não bater nele também.") Foi a primeira vez que bati em alguém e, admito, foi um ato quase libertador. Com minha mãe, sempre pude (e continuo podendo) ser o que sou. Sem disfarces. Com minhas angústias, minhas fraquezas, minhas dúvidas, meu jeito diferente de ser. Mamãe nunca me amou menos pelas glórias ou pelas quedas. Ela simplesmente ama, a mim e a meu irmão, como nós permitimos que nos ame. Porque, para amar, acreditem, também é preciso permissão. Amamos com o que somos, com o que já sentimos, na intensidade que o outro nos permite. Hoje, sinto-me pronta para receber todo o amor de minha mãe.

Volto às páginas do livro de Cohen procurando uma mensagem para todas as mães, palavras que possam ficar para sempre em seus corações. E elas estão ali, bem na minha frente, quando o autor lembra que não terá escrito em vão, se um de seus leitores, depois de ler o livro, mostrar-se mais afetuoso com sua mãe. E que todos os filhos se lembrem de que as mães são mortais e que, diariamente, possam lhes dar uma alegria:

"Eu as saúdo, mães cheias de graça, santas sentinelas, coragem e bondade, calor e olhar de amor, vocês com seus olhos que adivinham, vocês que sabem imediatamente se os malvados nos fizeram sofrer, vocês, únicos humanos nos quais podemos depositar confiança e que nunca, nunca nos trairão, eu as saúdo, mães que pensam em nós sem parar e até durante o sono, mães que perdoam sempre e acariciam nossos rostos com suas mãos murchas, mães que nos esperam, mães que estão sempre na janela para nos ver partir, mães que nos acham incomparáveis e únicos, mães que nunca se cansam de nos servir e de nos cobrir, e nos guarnecer na cama ainda que tenhamos 40 anos, que não nos amam menos se somos feios, fracassados, aviltados, fracos ou covardes, mães que às vezes me fazem acreditar em Deus."

MÃES FAREJADORAS

"Hummm...", sussurrou mamãe depois que a apresentei a uma nova amiga. Hummm de mãe é praticamente uma praga. E nessa ausência de palavras que sucede ao, digamos, "sussurro interrogativo", atiramo-nos numa cachoeira de questionamentos. Será que ela não é minha amiga de verdade? Será que ele quer me passar para trás? E essa amizade, é falsa? Quem sabe eu vou levar um calote daqueles...

Dizem que mãe sabe pelo cheiro o que se passa no coração de quem se aproxima de seus filhos. Para mim, não são todas. Acho que só algumas sabem, aquelas que dedicam a vida a farejar caninamente os filhotes. Mamãe é uma delas. É impressionante sua margem de acerto.

Há alguns anos recebi em casa, por indicação de um amigo, um vendedor de joias chinês. Naquela época eu estava louca para trocar uma argola de ouro, daquelas grandonas e maciças (não sei por que pobre adora falar ouro maciço), por um brinquinho de brilhante. O homem sentou-se na minha sala, abriu uma bandeja de veludo cheia de brinquinhos e fui escolhendo, vagarosamente, o que fazia a minha cabeça. Propus a argola como parte do pagamento e ele aceitou na hora.

Sentada na cadeira bergère verde-limão, mamãe só olhava. E com aquele olhar de quem estava pressentindo problemas sérios. Quando o vendedor foi embora, ela só me olhou e disse: "Não fui com a cara desse chinês..." Irritada com aquelas profecias que eu conheço de longa data, engatilhei um "Poxa, mãe, você desconfia de todo mundo". Ao que ela respondeu com um "Sou vivida, minha filha, ninguém me passa para trás".

Meses depois, enjoada do dito brinquinho, decidi vendê-lo e, pasmem, na hora da avaliação, descobri que a pedrinha não era um brilhante nada, era praticamente um caco de vidro. Blasfemei horrores, e como mamãe sabe que eu não tenho coragem de reclamar, ofereceu-se para solucionar o caso. Ela ligou para o chinês, falou sobre o ocorrido. Ele respondeu com um "não pode ser", e ela terminou com um "Olha, sei que o senhor está ilegal aqui, se o senhor não trouxer a argola da minha filha, meu marido vai levar o caso para a Justiça". E foi assim que o chinês retornou a nossa casa e devolveu as argolas de ouro maciço. Eu, é claro, fiquei escondida no quarto morrendo de sem graça, até ele ir embora com a cara mais lavada do mundo, conduzido porta afora por mamãe. "Está vendo, Elizabeth, esse chinês é um picareta. Guardou a argola com medo de a falcatrua ser descoberta."

Esta semana mamãe fez aquele "hummm" de novo quando descobriu que vou pintar o guarda-louça da cozinha que importei de Tiradentes há alguns anos. "O quê?! Azul por fora e amarelo por dentro?" Nem ousei falar sobre as outras possibilidades: verde colonial com a parte interna cenoura bem clarinha ou vermelho oriental com prateleiras amarelas. "Você não disse que ia economizar dinheiro, Elizabeth?" "Pô, mãe, me deixa, você adora implicar." E ela só me olhou, com aqueles olhos de ressaca, dignos de Capitu, como se adivinhasse que em poucos meses eu estarei por aí lamentando: "Não sei por que gastei tanto dinheiro nisso, enjoei."

UM, DOIS, TRÊS E JÁ

Um, dois, três e já. Sexta-feira, bem cedinho, peguei o carro e fui até Várzea das Moças esvaziar a casa onde morei durante tantos anos e onde, atualmente, passava finais de semana. Tinha acabado de vendê-la e, desde o instante em que minha mão assinou o negócio, comecei a me sentir esquisita.

No dia seguinte, lá estava eu, abrindo e fechando portas, possuída por um estranho aperto no peito, quando percebi que estava me despedindo da casa construída com o afeto discreto de meu irmão. E então me dei conta de que alguns sentires só se manifestam quando vivenciados pela sabedoria do tempo. A cada objeto guardado, fui percebendo que, quando compramos uma casa, temos a falsa impressão de que a possuímos, como senhores absolutos de seus espaços, mas que, ao vendê-la, tudo se inverte. A casa passa a nos possuir por meio das histórias que vivem dentro de nós, e corremos o risco de nos tornarmos eternamente escravizados por seus espaços.

Olhando para o cômodo vazio que já foi meu quarto, ainda sinto o cheiro do amor que tantas vezes me transformou na mulher mais feliz do mundo. No outro, me vejo cobrindo meu filho, ainda pequeno, com a colcha grossa para espantar o frio do inverno. A cozinha está povoada de amigos em almoços alegres e, na varanda, ainda balançam as redes imaginárias que tantas vezes embalaram minha preguiça e meus sonhos.

E a lua que banhava todo o jardim? E as Três Marias que piscavam só para mim nos dias de festa no céu? Ah, por que não senti com essa intensidade naquele tempo? Por que tudo o que vivi ali sempre me pareceu tão banal? Agora, no entardecer da minha vida, sei que a culpa é do tempo, que enriquece tudo o que vivemos.

Fui até a mesinha de vidro e peguei a caixinha que me foi presenteada por minha amiga Vivian, que era de sua avó. De prata, em forma ovalada, ela tem um camafeu no centro, é forrada por dentro com veludo salmão já desbotado pelo tempo e guarda hoje o verdadeiro sentimento entre duas amigas. Abri a caixinha e lá estavam, sem que eu tivesse a mínima lembrança, os retratos de meu pai e de Pedro, meu segundo companheiro.

Pedro partiu de repente, mas deixou plantado no meu jardim um bico-de-papagaio que, segundo ele, era o símbolo do nosso amor. E dizia que, enquanto a planta estivesse ali, aquele sentimento sobreviveria.

Pedro gostava de futucar a terra, colocar pedacinhos de casca de ovos picados para que a planta ficasse mais forte e nosso amor sobrevivesse. Quando ele bebia além da conta, mamãe, brincando, costumava ameaçá-lo: "Pedro, acho que esse bico-de-papagaio está morrendo." E ele, inocentemente temeroso, respondia: "Dona Amélia, a senhora está louca! Ele não vai morrer nunca."

Pensei em replantar o bico-de-papagaio e trazê-lo para casa, mas mamãe alertou: "Elizabeth, não faça isso. Ele vai morrer." E, temerosa, deixei-o quieto no canto do jardim com suas flores vermelhas, cor de sangue, me acenando com sua eternidade amorosa.

Deus, o que está aqui agora, além do passado, que eu não vejo e não sinto? Responda, mundo, me responda para que eu também não perca a beleza desse momento mágico. E, imediatamente, percebi que o tempo deu passagem à mudança. E logo a enxerguei, vigorosa, na imagem de meu filho que, em poucos meses, com o dinheiro da venda da casa, já estará morando perto de mim; antecipei meu neto correndo de braços abertos até meu apartamento; e imaginei meus passos mais claudicantes, daqui a alguns anos, caminhando até a casa de meu filho em busca do aconchego da família.

Sentada na varanda do meu apartamento, olhando o chafariz iluminado da praça, imaginei-me, então, pura energia, vagando pelo jardim de Várzea com um camisolão igual ao dos fantasmas e longos cabelos brancos levantados pelo vento frio da serrinha.

Os mais racionais apostam que essa revolução de sentires pode ser culpa dos hormônios, mas não acredito. Acho que a culpa é mesmo desse meu jeito exagerado. E foi por causa dele que, em pé no jardim, chorei novamente. Fechei o portão, olhei para o alto e me deu um aperto no peito ao ver o ipê-rosa plantado há tantos anos por mamãe, quando comprei o terreno, exibindo suas flores para mim num suave adeus. E pela primeira vez toquei o tempo. De repente ele estava ali, carpindo a dor das coisas que não voltam mais.

Virei de costas, entrei no carro e fui embora sem olhar para trás. Aprendi com mamãe que tem que ser assim. Quando eu era pequena e meus dentinhos de leite ficavam moles, prestes a cair, ela amarrava a ponta da linha num deles, a outra na maçaneta da porta, me mandava fechar os olhos e dizia: "Elizabeth, minha filha, não olha para trás." Meu corpo se retesava num misto de medo e ansiedade, e eu a ouvia dizer: "Um, dois, três e já!" Então ela vinha a meu encontro, colocava o dente ainda com um pouco de sangue na palma da minha mão e dizia, carinhosa: "Agora vamos fazer um pingente para colocar no colar."

"PONHA-SE NO SEU LUGAR, ELIZABETH"

Perdi a conta de quantas vezes ouvi mamãe repetir a frase "Ponha-se no seu lugar, Elizabeth". Isso sempre acontecia diante de algum comportamento que ela questionava ou achava que não estava à altura. E assim fui crescendo, crescendo, insistentemente alertada por ela para sentar no lugar que de fato eu merecia. Só que, muitas vezes, admito, sentei no assento errado. Tudo bem, raramente escolhi a última fila, mas também nunca escolhi a primeira, aquela que mamãe achava ser minha por puro merecimento.

Bom, por que será que esse assunto tão antigo está martelando a minha cabeça? Porque há algumas semanas fiquei aborrecidíssima com um fato ocorrido com uma amiga querida. Ela foi chamada para passar o final de semana na fazenda de uma prima rica (praticamente uma irmã) e lá chegando viu que a prima tinha reservado para ela o pior quarto, o que ficava do lado de fora da casa, instalando os outros convidados, confortavelmente, no casarão. E, quando minha amiga perguntou à prima se elas iam dormir no mesmo quarto, a moça respondeu com um sonoro "É claro que não, querida, vou ficar na suíte principal".

Minha amiga recolheu-se à insignificância que a prima lhe atribuiu, conformando-se em ficar num quarto mofado, sem conforto algum. Quando ela me contou o acontecido, tive uma das minhas crises de raiva, lamentando profundamente que ela tivesse aceitado o convite. Disse que achava aquilo um absurdo e completei com "não me conformo que uma mulher bacana como você, bem-sucedida, amiga sincera, não se coloque no lugar que merece".

E foi na sequência que a frase que mamãe vivia repetindo ficou martelando no meu ouvido: "Ponha-se no seu lugar, Elizabeth", "Ponha-se no seu lugar, Elizabeth", "Ponha-se no seu lugar, Elizabeth"... E naquele instante percebi, como boa analisanda, que o importante não é o lugar que reservam para nós. Na maioria das vezes ele não é lá muito justo. Importante mesmo é o lugar que nos reservamos. Aquele que escolhemos por livre e espontânea vontade ou, quem sabe, por livre e espontânea neurose.

Qual é exatamente o nosso lugar? Muitas vezes sabemos qual é o nosso, mas queremos o lugar do outro que nos parece bem mais atraente. Ou, ao contrário, imaginamos que o outro tomou o nosso lugar e alternamos duas reações: ou ficamos tentando destruir aquele que nos roubou o que nos foi destinado ou, pacificamente, nos conformamos com o lugar que deixaram para nós.

Mas me digam uma coisa: se a avaliação que temos de nós mesmos está sempre variando, então é sinal de que não teríamos um lugar marcado? Seríamos eternos peregrinos em busca de assentos fugazes que se esvaem como nuvem de fumaça, conforme olhamos para dentro de nós? E, assim, como pessoas sem assento marcado, estaríamos sempre prontos para chispar dali a qualquer momento? Não acredito. Penso que bem lá atrás nos atribuímos um valor sem variantes. Se somos saudáveis sabemos exatamente o quanto valemos; se não somos, serão necessários anos de análise para saber exatamente o que nossas mães querem dizer quando nos dão aquele pito: "Ponha-se no seu lugar, Elizabeth."

A ALEGRIA VIVE EM NÓS

Quando passo uma semana escrevendo sobre temas que não sejam meus sentimentos diante do mundo, me sinto esquisita, fora do meu habitat natural. Então, aproveito a deixa para admitir que me senti estranha no último Carnaval. Até que eu tento, mas desde pequena não consigo me adequar a esses megafestejos que tiram as pessoas de dentro de si mesmas transformando-as em seres praticamente irreconhecíveis, possuídos por uma alegria repentina e superficial.

Tudo bem, sou chata. Mas o que fazer com essas sensações impossíveis de dividir com a maioria das pessoas? Eu sou aquele ser que anda na contramão desses surtos de felicidade, que treme diante da possibilidade de ganhar ingressos para um camarote na Avenida, que não segue um bloco debaixo de um calor de deserto, e foge daqueles congestionamentos quilométricos que levam a um lugar lotado de gente só para, depois das festas, poder contar como foi interessante o Carnaval. Sendo assim, prefiro ficar no meu canto, desfrutando as delícias do ar-refrigerado, lendo um bom livro, almoçando num restaurante agradável e vendo um filme que me transporte para um mundo melhor.

Acho que a minha aversão a esses megafestejos começou num Carnaval na casa dos meus avós maternos, onde morei vários anos. Era um sobrado enorme, tipo casa de cômodos, fincado num terreno quase na esquina da rua São Francisco Xavier, no Maracanã, onde hoje fica parte do prédio da Uerj. Embaixo moravam vovô Gomes, vovó Rosa e minha tia Zuca, a filha tísica que só casou lá pelos 50 anos e, mesmo assim, diante do protesto das irmãs que insistiam em criticá-la com frases do tipo "Como ela vai deixar os pais sozinhos?" Foi preciso a intervenção de papai para reabilitar a imagem familiar da tia Zuca. Munido de meia dúzia de palavrões – os mais altos eram invariavelmente proferidos em italiano –, seu Mario defendeu a cunhada com unhas e dentes, transformando todos os irmãos num bando de egoístas, ávidos em deixar com tia Zuca a responsabilidade pelo bem-estar dos pais, tarefa que também deveria ser deles.

Ah, e lá vivia ainda o vira-lata Tejo, um cão enorme, feroz e amarelo (o primeiro dessa cor que eu vi na vida), batizado assim numa homenagem de vovô a sua família portuguesa, que ele abandonou, sem aviso prévio, na cidade de Nogueira do Cravo, quando tinha 21 anos.

Escondido de todos, vovô Gomes enfurnou-se num navio deixando apenas uma carta para minha bisavó em cima do criado-mudo.

Mas voltemos ao sobrado da minha infância e às minhas memórias carnavalescas. Nos quartos que ficavam na parte de cima do casarão moravam quatro filhas com suas respectivas famílias – vovô tinha sete filhos, cinco mulheres, dois homens. E num desses quartos morávamos eu, papai e mamãe.

Lembro perfeitamente da escada de pedra que ligava o térreo ao segundo andar. Foi num de seus degraus, no Carnaval de 1960, que mamãe decidiu testar minhas habilidades de carnavalesca. No primeiro dia de Momo lá estava eu, magrinha, acreditem, sentada como uma estátua de pedra, engalanada numa melindrosa branca comprada no armarinho do seu Alberico, e totalmente sem jeito para a coisa. Fiquei horas ali, vendo o movimento dos bondes na avenida Maracanã, quando, de repente, comecei a gritar "mãe, mãe" enquanto arrancava, desesperada, a saia da havaiana.

A princípio, mamãe pensou que fosse um surto de loucura, mas logo descobriu que eu tinha sentado num formigueiro e estava sendo devorada por um bando de saúvas bundudas. Então meus pais me enfiaram num banho frio e começaram a passar álcool por todo o meu corpo que, a esta altura, já estava inteiro crivado de bolotas vermelhas por causa de uma invencível urticária emocional. A tentativa de me tornar uma foliã acabou por aí.

Na minha memória existem outras duas fantasias anteriores: uma de índia, outra de cigana, com aquele lencinho na cabeça e guizos dourados contornando a testa, mas, pelas pálidas imagens que restaram na minha mente, definitivamente eu e o Carnaval sempre tivemos pouquíssima afinidade. Prefiro acreditar, como o poeta, que a mais profunda alegria vive dentro de nós.

VIVINHA DA SILVA

Como sua pensão não tinha sido depositada no dia previsto, mamãe foi até o INSS saber o que estava acontecendo. Um pouco trêmula devido aos acontecimentos tristes em família nas últimas semanas, ela pegou uma senha, esperou pacientemente a sua vez e, quando chegou ao balcão, fez a reclamação. Muito simpática, a atendente olhou para ela e disse: "Mas a senhora está em óbito, dona Amélia." Mamãe foi rápida: "Não estou não, minha filha, estou aqui." E, toda orgulhosa, apresentou meu filho que a acompanhava para testemunhar que ela estava vivinha da silva.

A moça pediu alguns minutos, entrou numa sala, de onde saiu outra moça, também simpaticíssima, diga-se de passagem, que começou a conversar com dona Amélia tentando saber se mamãe era a própria ou alguma impostora de plantão. Até que estranhou a foto dela na carteira de identidade. "Mas a senhora está tão diferente nesta foto...", comentou a moça, parecendo desconfiada.

E dona Amélia respondeu: "Minha filha, se você tirar uma foto hoje e olhar para ela daqui a 50 anos, será completamente diferente."

Depois de mil conversinhas paralelas, a funcionária adentrou a sala de onde tinha saído. "Marco Antonio, esta moça é sua amiga?" Meu filho respondeu que não a conhecia e foi então que a ficha da mamãe caiu e ela percebeu que a moça estava conferindo se os dados da vida dela batiam: "Ela sabia que eu tinha dois filhos, que o Eduardo (meu irmão) é engenheiro, que você é jornalista, nossa, as pessoas vasculham toda a vida dos outros na internet, não se tem mais privacidade."

Voltamos lá no dia seguinte para levar os papéis solicitados, e mamãe, diante do competente funcionário Zildo, insistia em falar com a chefe. Intervim com um "Mãe, você está sendo atendida por uma pessoa, não deve dizer que quer falar com a chefe, o rapaz pode ficar melindrado". "Não é nada contra o rapaz não, Elizabeth, só quero mostrar a laceração que eu tenho no polegar para a moça que estranhou a foto da minha identidade. É igualzinha a que está na impressão digital na identidade."

Laceração? Meu filho socorreu e explicou que se trata de uma lesão resultante de um rasgamento da pele até ao tecido subcutâneo. Convenci mamãe a não fazer a tal contraprova, disse que não era necessário. Meio a contragosto, ela acabou aceitando a sugestão, mas pediu que eu não deixasse de elogiar a funcionária Estelinha, que foi um doce com ela. Mas, no caso de matarem dona Amélia novamente, ela diz que vai "esfregar a laceração no rostinho de quem for preciso".

AMIGOS, AMIGOS, LIMOGES À PARTE

Esta semana fiquei estarrecida com uma história que mamãe testemunhou. Lamentável, diga-se de passagem. Uma respeitada senhora de nossa alta sociedade, íntima de mamãe, recebeu várias amigas para um almoço. Tudo transcorria bem até que, no finalzinho do encontro, uma das convidadas, certamente a mais querida pela turma de senhoras, tropeçou num fio e espatifou uma dupla de jarras Limoges que estavam cuidadosamente postadas em cima do bufê.

Foi uma saia justa geral. A distinta senhora, quase beirando seus 80 anos, ficou constrangidíssima, pediu desculpas, e prontificou-se a fazer qualquer coisa que estivesse ao seu alcance para amenizar a perda. E ainda teve tempo de ir para um cantinho da sala fazer uma prece agradecendo por não ter derrubado um busto de Cyrano de Bergerac, muito mais valioso, que estava pertinho da jarra e devia valer uma fortuna.

A anfitriã não se fez de rogada: mandou um serviçal catar os cacos, acomodá-los cuidadosamente numa caixa de papelão e, então, entregou à convidada para que ela tomasse as devidas providências. A tal senhora, que por acaso é mãe de um grande amigo, começou a passar mal logo depois. Teve fortes dores de cabeça e enjoos que só passaram depois que ela, decidida, foi até um antiquário, comprou uma jarra Limoges parecida – paga em quatro cheques de mil reais – e mandou entregar na casa da ex-amiga.

Ex-amiga, pois ela jurou que nunca mais poria os pés na casa da abastada anfitriã. Cá entre nós, abastada só no contracheque, pois, de alma, percebe-se que é paupérrima. No dia seguinte, o bina do telefone da convidada identificou várias chamadas da nefasta dona da festa, mas nenhuma delas foi atendida porque a mãe de meu amigo deu um basta naquela amizade de quase 20 anos que, na verdade, nunca existiu.

Mas, me digam, de que adianta Limoges e opalinas, se o berço, o mais importante de tudo, inexiste? Aprendi com a vida que mais vale uma amiga verdadeira rodeada de cerâmicas baratas. Enfim, não me contive, fiquei com raiva quando ouvi essa história e concluí que uma pessoa como ela não tem capacidade de ter um Limoges. Porque pressupõe-se que, atrás dessa louça valiosa, estejam preservadas qualidades como gentileza, generosidade e tantas outras que seria redundância enumerá-las aqui.

Quando ouviu a história, uma amiga lembrou de um fato acontecido na casa de uma parenta, mulher refinadíssima, cheia de "esses" e "erres", esta sim, um ser humano digno de abrigar tais preciosidades. A certa altura de um desses chás de domingo, uma das convidadas quebrou um copo de cristal Baccarat, que tinha sido da bisavó da anfitriã. Só que quando viu o copo se espatifar no tapete, a dona do chá acabou rapidamente com qualquer constrangimento: sorrindo, jogou no chão o copo que estava em sua mão, que acabou em caquinhos, igual ao da convidada.

Mais tarde, recebi um e-mail do meu amigo contando que a mãe tinha acabado de encontrar a anfitriã no calçadão e despejou tudo o que estava guardado em seu coração. "Sabe aquelas coisas estranhas que mamãe andava sentindo? Passou tudo. O desconforto agora é da outra, que, a essa altura do campeonato, deve estar vomitando. É isso que acontece, Orsini: pegou mal para ela, não para a mamãe. Ela ganhou a antipatia geral porque poderia ter sido qualquer uma das senhoras do grupo a quebrar a peça. Tudo bem, ela também ganhou um vaso lindo para enfeitar a sala, só que poucas amigas o verão. Estão todas com raiva dela."

Bem, como dizem por aí, berço é berço. Nem um Limoges disfarça a falta dele.

A BOLSA E A VIDA

Não há cena que me comova mais do que observar, pela porta entreaberta do quarto, mamãe sentadinha na beira da cama, bolsa aberta postada no colo, e as mãos mexendo bem lá no fundo como se estivesse em busca de coisas muito importantes que foram se perdendo pela vida. É um ritual que dona Amélia invariavelmente repete sempre que brigo com ela e falo um pouco mais alto. Ela fica lá, isolada, remexendo nos cotoquinhos de batom, na caixa de pó de arroz, na bolsinha de níqueis, na foto antiga de meu pai em 3x4, e na inseparável carteira de couro marrom, presente de papai, onde ela até hoje guarda seus documentos.

Nessas horas, o olhar de minha mãe fica distante, triste, esquisito e faz com que eu me sinta a pior filha do mundo. Mas no dia em que vi lágrimas em seus olhos, jurei que nunca mais falaria com ela alto desse jeito, muito menos faria piadinhas ferinas e de mau gosto. É em momentos assim (ainda bem que foram poucos) que eu sinto minha mãe mais intensamente, enxergo com nitidez a sua discreta sensibilidade e compreendo o quanto é duro envelhecer. E percebo também que, com o passar dos anos, as pessoas que envelhecem com sabedoria, como mamãe, precisam de muito pouco para viver, coisas que talvez não preenchem nem uma bolsa velha, mas certamente transbordam do coração.

Há alguns anos tento escrever esta crônica, mas não consigo de jeito algum. Só que a imagem de dona Amélia remexendo na bolsa não deixa de me perseguir com sua força e solidão. E fica ali, praticamente colada em mim, exigindo que eu escreva alguma coisa sobre esse meu sentir. Certa vez, comentei com minha analista que não sabia quem era verdadeiramente minha mãe. Como foram sua infância e adolescência? Quais os projetos que ela teve um dia? Será que foi feliz ao lado de meu pai? Será que tem algum ressentimento dos filhos? E o nascimento dos netos transformou sua vida? Será que hoje, aos 83 anos, ela tem algum motivo de arrependimento? Alguma decepção?

A verdade é que fui egoísta. De tão acostumada a vê-la cuidando dos mínimos detalhes da vida de todos nós, esbanjando felicidade nas celebrações familiares, acarinhando nossos sonhos de felicidade, preparando pratinhos diferentes para filhos e netos, vendo o que falta na despensa, acabei ignorando os sonhos de minha mãe. Para mim, ela é apenas essa mulher segura, sempre disponível para tudo e para todos, que nunca questiona o sentido da própria existência, apenas vive com alegria e realidade entre aqueles que têm o privilégio de ter o seu amor.

Sem minha mãe, sem o seu centro, não sei o que seria de mim com minhas angústias, meus impasses, minhas impossibilidades. Bem, é claro que sei, a vida seria muito sem graça sem sua dedicação e suas piadas irônicas. Como a que eu vou ouvir quando ela, surpresa, ler esta crônica: "Ah, Elizabeth, de onde é que você tirou essa loucura toda de vida guardada dentro da bolsa? Você é completamente louca, igualzinha ao seu pai."

PALAVRAS POR DIZER

Tenho falado exaustivamente na minha terapia sobre pessoas boas e pessoas más. E descobri que a minha maior dificuldade é chegar ao meio-termo, perceber que pessoas são feitas de coisas boas e coisas más. Não era à toa que mamãe sempre dizia: "Que coisa, Elizabeth, você é oito ou 80." E foi transitando entre esses 72 restantes que vivi minha vida até agora. Profundamente comovida quando me fazem um carinho ou gentileza; e perplexa, ou até raivosa, quando meus amigos não demonstram a mesma coisa ou quando fazem algo que eu jamais faria.

Ainda bem que essa intolerância com o outro foi sendo domada pelas mãos competentes e pela palavra acolhedora da minha analista, Hedi. E lá estava eu falando de pessoas boas e pessoas más (desculpem, ainda não me curei completamente dessa bobagem), quando, outro dia, no fim da sessão, ela pediu que eu escrevesse algumas palavras para uma paciente num exemplar do meu audiolivro. Quando terminei, Hedi me entregou uma cartinha guardada num envelope amarelo-claro. Na frente, bem lá em cima, à esquerda, estava escrito em vermelho: "PARA BETY ORSINI"; no remetente, o nome da moça, em letra minúscula. Tudo num canto, muito discreto, deixando quase todo o envelope livre. Perguntei se a remetente era uma senhora, e Hedi respondeu: "Ela é muito jovem, Bety."

E lá saí eu da sessão, levando a carta. Na rua, abri o envelope e comecei a ler palavras de uma delicadeza tão profunda que, quando terminei, estava aos prantos na calçada. Pensei em falar sobre a carta, mas, sentindo-me incapaz de expressar os sentimentos de sua remetente, decidi transcrevê-la neste espaço. Para que, inspiradas nela, mães e filhas se digam ou se escrevam, enfim, palavras há muito tempo guardadas num canto qualquer. Para que todos os filhos possam olhar para suas mães, perceber o quanto elas são importantes em nossas vidas e simplesmente dizer: "Obrigada, porque vocês estão ao nosso lado."

"Oi, Bety. Ouvi seu audiolivro. Há alguns dias peguei emprestado com a Hedi. Quando é possível, leio sua coluna no jornal, mas confesso que não é sempre, porque nem sempre tenho coragem emocional para ser mexida – muitas vezes, remexida – num sábado de manhã. Todas as vezes que leio, me emociono de alguma forma, entro em contato com coisas que muitas vezes nem eu mesma sei o que são. Admiro a sua coragem e ousadia de escrever publicamente sobre sentimentos – os seus, sobretudo – porque só quem sente percebe (creio eu!) o quanto quem escreveu sentiu também. Ou como Marcel Proust afirmou: todo leitor, quando é, é um leitor de si mesmo. Sabendo dessas forças ocultas das suas palavras, me arrisquei, peguei o CD emprestado. Podia comprar, mas hesitei. Pegando emprestado talvez me desse a impressão de ser algo que não me pertence, então, que não me tocaria tanto... Ilusão! Tentei ser prática e enfiei o CD no rádio do carro: até o Fundão a Bety me fará companhia. Não consegui dirigir direito. Muitas coisas se mexeram em minha mente. Então, número de marchas, setas, embreagem, visibilidade... tudo ficou confuso. Desliguei. Em casa, deitada no sofá, coloquei o CD no home, equalizei, então, de cinco caixas saía sua voz. Como no jornal, ri, me diverti, chorei, gargalhei, fiquei curiosa por saber mais, pensei, repensei, concordei, absorvi. Ouvir sua voz carinhosa ao pé do meu ouvido me fez lembrar minha mãe, me contando histórias à noite, cerca de dez anos atrás, quando eu estava internada numa UTI de hospital. Não lembro dela me contar histórias na infância, mas me senti de novo aquela "criança" de 17 anos que recebia o carinho sonoro da voz de mãe. Não lembro das histórias, só da emoção. Tamanha era que, no dia em que não permitiram que ela entrasse para ler para mim, tive um edema de glote. Surpreendendo toda a equipe médica, que já tinha me visto duelar com a bactéria da meningite e que estava quase morrendo sem ar, sem amor, sem a voz no ouvido. É que suas palavras, Bety, têm uma força cósmica, mística, misteriosa sobre mim, e acredito que sobre muitas pessoas. Eu não escrevo para alguém uma carta assim, à mão, já há algum tempo, mas dessa vez não podia deixar passar. Porque ler sobre suas lembranças de infância, amores, amigos, segredos, surpresas também me faz querer escrever sobre essas coisas na minha vida: uma catarse, um olhar para mim mesma, Narciso na beira d'água... E mergulho, mas escrevo apenas para mim nos meus cadernos, desde a adolescência, onde tento guardar relíquias de sentimentos – prazeres, dores, alegrias... Onde tem o cheiro de melancia dos almoços de domingo, o cheiro de serragem do meu avô, minha bicicleta dourada descendo do caminhão de mudança, meu primeiro voo de avião, meu desejo pelo Velho Mundo, minha memória para música, minha vocação para poesia, meus medos, meus sonhos, mistérios, meu bolo de aniversário de 4 anos, minha quase morte aos 17, meu retorno de Saturno atual e, agora, graças a você, a voz de minha mãe ao meu ouvido que por anos trouxe entalada na garganta. Obrigada!"

Dedico essas palavras à minha mãe, sempre tão presente, abnegada e dedicada. E feliz Dia das Mães também a todas vocês.

MÃE É TUDO IGUAL

SOCORROOO, ATIREM MAMÃE DO TREM

Eu estava diante do espelho experimentando um vestido novo e gostando do que via quando tive a infeliz ideia de perguntar: "Mãe, você gostou?" Diante do sim proferido por dona Amélia, dei um daqueles sorrisos satisfeitos, de quem sabe que está agradando. Mas a sensação de prazer foi breve, praticamente um relâmpago fugidio num céu de verão. Sentada na cama, me observando atentamente, mamãe aconselhou: "Elizabeth, levanta a alça do sutiã, você está com um peito mais alto do que o outro." Reagi imediatamente: "Poxa, mãe, você sempre quer me arrumar um defeito. Precisava falar isso agora que eu estou toda feliz? Não vou levantar alça nenhuma. De agora em diante vou andar por aí com um peito mais alto do que o outro e pronto." Mamãe não se fez de rogada diante da ameaça estética e, depois de um "Só quero o seu bem, Elizabeth", recomendou que eu entrasse para o Vigilantes do Peso porque estou engordando a passos largos.

Blasfemei um "porca miséria", como fazia meu avô quando alguém o contrariava. E então olhei para mamãe e ameacei: "No próximo sábado, vou falar mal de você na crônica." Dona Amélia empinou o nariz com aquele jeito altivo e disparou: "Ora Elizabeth, é esse o presente que você vai me dar neste Natal?" Bem, alfinetada de mãe é mortal porque elas conhecem o nosso ponto fraco mais do que ninguém.

Outro dia, conversando com uma amiga que anda em crise com a dela, achei graça quando, na mesa do restaurante, ela sacou da bolsa um pedaço de papel, pegou a caneta e começou a listar as pequenas maldades que dona Heleninha costuma fazer com ela. Falando num tom bem mais alto do que o habitual, minha amiga listava freneticamente os ataques recebidos e, antecedendo cada reclamação, escrevia assim: "Facada um, facada dois, facada três..."

Fiquei matutando se dona Heleninha é realmente tão perversa assim e não cheguei à conclusão alguma. A minha não é. Dona Amélia é praticamente uma santa, juro, mas, quando o tema é o meu peso, ela não economiza munição. Aliás, acho que a maioria das mães de gordinhas é um pouco perversa. Será que elas têm vergonha de as filhas não estarem dentro dos padrões estéticos de beleza? Será que sentem que falharam em algum quesito? Bom, pode ser, pode não ser. O que eu sei é que minha mãe é o máximo, e aproveito a proximidade do Natal para declarar publicamente o quanto ela é importante para mim. Porque eu sei que, mesmo com um peito mais alto do que o outro ou sem maquiagem, "com cara de lavadeira", como ela gosta de observar, minha vida seria um tédio sem mamãe.

MULHER DE PEITO

Abro meu armário novo, com deliciosas portas de correr, e pego um sutiã preto, novinho em folha, para usar depois do banho. No meio de um levanta aqui, puxa ali, estica acolá, vejo mamãe na porta do quarto e, revoltada, desabafo minha raiva diante do bojo que não consegue abrigar minhas, digamos, taças, grandes taças, diga-se de passagem:

"Que coisa! Os bojos desses sutiãs estão cada vez menores. Antigamente, eu usava 46, agora uso 48", esbravejo. Irônica como sempre, dona Amélia limita-se a responder: "Só os seus bojos diminuíram, Elizabeth, os dos outros continuam do mesmo tamanho", alfineta mamãe, sugerindo que estou engordando a passos largos. E juro que não estou, minhas aulas diárias de natação estão me livrando desses malditos quilinhos extras.

A essa altura da conversa, tive uma crise de riso já me imaginando um mix de Dolly Patton e Jayne Mansfield por conta da exuberância que, admito, nunca me causou maiores problemas. Cá entre nós, muita gente até gostava, para desespero de mamãe, que sempre optou por ser uma mulher equilibrada em todos os quesitos.

Bem, esse hábito de rir de mim mesma é praticamente uma terapia. E eficaz como poucas. Há muitos anos entrevistei um cirurgião plástico famoso e ele garantiu que, com o passar do tempo, a moda endeusaria o manequim 50. Fiquei animadíssima, na mesma proporção que quase beirei o desespero quando, um belo dia, minha sogra Élvia olhou para mim de alto a baixo e comentou: "Você é toda bem-feitinha minha filha, se fizer uma plástica nos seios nem vai parecer que está acima do peso." Felizmente para minha autoestima, meu companheiro Pedro, que adorava seios fartos, saiu em minha defesa: "Pelo amor de Deus, mãe, não coloca uma loucura dessas na cabeça dela."

Feliz da vida com a defesa ferrenha dos meus seios generosos, engreno uma conversa na redação com minhas amigas e asseguro que nunca tive problemas por conta deles a ponto de me submeter a uma cirurgia plástica. Uma delas argumentou: "Seios pesam, Bety." Juro, não sinto este peso ou, quem sabe, já me acostumei. Mas reconheço que é incômodo entrar nas roupas e nos maiôs, porque, geralmente, a parte de baixo e a de cima nunca se entendem. Tipo um dueto fadado ao fracasso, uma relação que não chega a um final feliz.

Enfim, queridas, a vida não anda nada fácil, qualquer que seja o número do seu bojo. Como diz um amigo meu, com a maior propriedade, *"la cosa está quedando peluda"*. E como está.

A MÃE E A LUVA

Enfim, depois de décadas de pesquisa emocional, descobri as culpadas de tudo: três pares de luvinhas cor de rosa, compradas por minha mãe, em meados dos anos 50, num armarinho da Zona Norte. De aparência ingênua, jeitinho inofensivo, elas serviram ao firme propósito materno de impedir que eu chupasse compulsivamente os meus roliços dedinhos. A verdade é que há anos venho vasculhando a minha história em busca da sanidade perdida, mas esse detalhe precioso, ou foi omitido por mamãe, ou completamente esquecido.

Foi minha nora, Maria Elisa, quem contou, semana passada, a história das luvinhas repressoras. Eu estava chegando do trabalho, morta de cansaço, quando ela anunciou: "Tia, descobri por que você não consegue emagrecer." E, assim, me contou a história das ditas luvinhas na frente de dona Amélia, e como elas acabaram com a calma e a satisfação que só meus dedinhos me davam, e me transformaram neste ser insaciável. Eu, que não perco a oportunidade de fazer piada com tudo, olhei para mamãe e disparei: "Então foram essas luvinhas as culpadas por meus quilos a mais, pela minha preferência por homens frágeis, pelo meu desejo insaciável pelas coisas, pela minha dificuldade de dizer não. Mãe, você é a culpada, como é que você fez isso comigo?" – e continuei listando todas essas minhas questões praticamente insolúveis.

Dona Amélia ficou revoltada. "Elizabeth, você é uma criminosa. Naquela época, todas as mães compravam luvinhas para os filhos que chupavam dedo. Você não emagrece porque não quer", respondeu, já um pouco irritada. Depois de uma crise de riso, fui para a varanda, cabisbaixa, pensando nas verdadeiras consequências das luvinhas em minha vida e em todas as coisas que os pais fazem, sem pensar, que marcam para sempre a nossa existência. E pensei também por que as mães não deixam os filhos chupar os dedinhos em paz. Qual o problema? Um dia passa. Afinal, nunca esbarrei com nenhum adulto, mais ou menos normal, chupando dedo pela rua. Então, assim de repente, me arrisco a afirmar que foram as luvinhas as responsáveis por eu ter me tornado essa pessoa intensa e que, também por causa delas, tornei-me praticamente incapaz de conviver com coisas e pessoas insípidas.

Minha nora, que é psicóloga, acha que elas viraram para mim um objeto transacional, como lenços, guardanapos, pontas de lençol ou de travesseiro viraram para muitas crianças. Enfim, que elas foram o primeiro objeto apresentado e reconhecido por mim. Trocando em miúdos: os bebês começam a conhecer o mundo pela boca, eu conheci o mundo através das luvinhas. E tudo indica que não gostei. Mas, afinal, qual era mesmo o gosto da luvinha? Juro que não lembro, mas não devia ser nada bom. Se fosse, minha nora garante que eu não andaria *ad eternum* em busca de prazeres da sucção, como sucos da luz do sol e alguns similares. Ou seja, foi mamãe quem me impediu de saciar o meu desejo pelos meus próprios e deliciosos dedinhos.

E já que estamos falando de mamãe, ela não suporta Dr. House, o do seriado. Sempre que me vê grudada na televisão, comenta: "Elizabeth, não sei como você suporta ver esse sujeito grosso e imundo. Deus me livre!"

Coisas astrológicas então, nem pensar. Elas irritam dona Amélia profundamente. Outro dia, falando sobre Plutão, expliquei para ela que, quando ele passa, destrói tudo para reconstruir depois. Ela, sábia como sempre, franziu o canto da boca e disse, em tom de deboche: "Ah, Elizabeth, não me conformo. Você, uma senhora, acreditando em um monte de bobagem. Você tem a cabeça fraca." E, quando eu aventei a possibilidade de o planeta já ter passado na vida dela, mamãe deu de ombros e concluiu: "Se ele passou na minha vida, eu dei tchau. Não quero nem saber."

PROGRAMA DE ÍNDIO

"Elizabeth, você não tem falado em mim nas suas crônicas. Quando eu não apareço não tem graça", reclamou mamãe, no último domingo, enquanto procurávamos um restaurante para almoçar. E, tenho que reconhecer, dona Amélia voltou com força total. Éramos quatro: eu, ela, meu filho, Marco Antonio, e minha nora, Maria Elisa.

Confesso que não tinha a mínima noção que almoçar domingo em Niterói é praticamente um programa de índio. Enquanto eu, desanimada, olhava as filas intermináveis procurando uma saída, tive uma ideia: "Gente, que tal o C.?" Mamãe foi curta e grossa: "Esse não, Elizabeth, os bancos de lá não têm nem encosto, parecem banco de colégio, me dá a maior dor nas costas."

Querendo resolver o impasse rapidamente, pois estava morta de fome (eram duas da tarde e eu só tinha tomado suco da luz do sol), e tentando não ser chata, sugeri irmos até uma pensãozinha com uma comida caseira deliciosa lá nos confins de Itaipu. Mamãe foi contra: "Pensãozinha? Tô fora, quero ir num lugar bonito." Caímos na gargalhada e minha nora sugeriu o Z., na Fortaleza de Santa Cruz. Eu, que não gosto mais de ir lá e amargar a brutal devastação do meu antigo paraíso ecológico – antigamente eu costumava meditar ali nos finais de semana, bem cedinho –, concordei pelo bem de todos e felicidade geral da nação. Doce ilusão. Tive vontade de sair correndo quando vi a fila, a aglomeração de ônibus de turismo e vários carros tentando vaga para estacionar.

Eu já estava ficando desanimada quando decidimos não almoçar ali e retornamos sem destino certo. Meu filho, que estava visivelmente de saco cheio, querendo apaziguar, tentava de tudo: "Para mim, qualquer lugar está bom, mãe." Minha nora, uma eterna otimista, arriscou outro palpite: "Que tal o S., gente?" E eu, que tenho evitado rodízios em geral, não ousei dizer um não. Ainda mais quando minha nora comentou como era uma pessoa feliz e como nós reclamávamos de tudo o tempo todo. E lá fomos nós, lépidos e fagueiros, para o restaurante S, que tinha uma única mesa sobrando.

Tudo bem, era bem na saída da escada que leva ao segundo andar, tinha uma televisão em cima das nossas cabeças e um computador atrás, manuseado o tempo todo pelos garçons, mas poder sentar em algum lugar àquela altura do campeonato era praticamente uma oferenda dos deuses. E tome sushi, sashimi, ebi e um tal de hot nana que as pessoas parecem amar. Não gostei. Parecia um sushi, nem doce nem salgado. Prefiro a banana caramelada tradicional e, já beirando o desespero, comi três.

O almoço transcorria calmo, sem discussões, até que notei um senhor me olhando fixamente. Desviei o olhar e fiquei me perguntando se não conhecia o dito cujo de algum lugar. O homem continuou me olhando e eu, que ando fugindo das coisas do amor e do sexo, me fiz de desentendida. Quando saímos para buscar o carro, quem estava parado na frente do restaurante? O tal homem, que continuou olhando em minha direção insistentemente. Cutuquei mamãe e comentei: "Tá vendo aquele homem ali mãe?" "Tô, o que é que tem ele?" "Não para de me olhar", respondi. Mamãe, que não é chegada a uma sutileza, olhou de esguelha para o tal senhor, observou o estômago pra lá de proeminente do paquerador em questão e, em seguida, inclinou a boca perto do meu ouvido e disse baixinho: "Puxa Elizabeth, você só arranja porcaria!"

Rimos horrores, mas depois do fato passado me senti praticamente uma hiena. Tanto que na minha sessão de terapia seguinte, o comentário de mamãe ocupou quase meia sessão. Depois de um interpreta aqui, interpreta ali, quase posso jurar que engordei ao longo da vida só para implicar com dona Amélia, que, reconheço, faz o possível e o impossível para eu não sair da dieta. Afinal, como observou sabiamente minha analista, no fundo, no fundo, toda mãe sonha com um filho dentro dos padrões para exibir para o mundo: magro, bonito, culto, inteligente, bem de vida, encantador, sem vícios etc. etc. E quem não está dentro dos padrões, como eu, se vinga como pode dessa rejeição.

Observação: Quando esta crônica já estava pronta mostrei para minha amiga Luciana, que descobriu tudo. Recentemente, ela estava num restaurante londrino, quando todos os homens começaram a olhar para ela insistentemente. Intrigada, Luciana perguntou à amiga que a acompanhava se tinha alguma coisa errada com ela, e a amiga disse não. Só quando foi embora é que ela percebeu que também tinha uma televisão praticamente em cima de sua cabeça para onde todos os olhares, masculinos e femininos, naturalmente, se dirigiam. Carência é dose!

RAGLAN, NUNCA MAIS

Mulheres rechonchudas como eu devem dispensar dicas de moda de amigas íntimas. Não que elas não queiram o seu bem, nada disso, mas, na ânsia de esconder nossos pneuzinhos, elas são capazes de qualquer desatino.

Recentemente, minha amiga Lou quase foi responsável por eu cometer um haraquiri. Acreditem, ela conseguiu me convencer de que eu ficaria maravilhosa com batas soltas de manga raglan. Estimuladíssimas, no bom sentido, é claro, lá fomos nós comprar malhas no polo do Rio Comprido. Escolhi vários cortes, um deles preto de *fluity*, uma delícia de malha. E, com a sacola cheia de cores e padronagens, parti para o ateliê da competente dona Gilda e mandei ver. Enfim, as túnicas seriam a solução para todos os meus problemas de vestuário. Seis, novinhas em folha, algumas ainda com cheiro das tintas que coloriam suas estampas.

Bom, a coisa não deslanchou como eu pensava. A primeira vez que coloquei uma delas para ir ao trabalho, mamãe deu uma olhadela e fez um comentário ferino: "Nossa, Elizabeth, essa bata parece até uma mortalha." Diante da minha decepção e da frase "Mas mãe, gastei um dinheirão nelas", dona Amélia rapidamente encontrou a solução: "Pede para a dona Gilda cortar a manga pela metade. Assim está horrível." E lá fui eu com a bata a tiracolo pedir para dona Gilda decepar a raglan que, numa tesourada de Edward Mãos de Tesoura, ficou bem mais sequinha. Enfim, a paz tinha chegado literalmente aos meus braços.

Mais confiante, experimentei a dita cuja e perguntei para mamãe: "Que tal agora?" E ela, não querendo ser do contra mas sem demonstrar muito entusiasmo, limitou-se a responder: "Agora melhorou." E foi com esse incentivo que me enfiei numa delas e vim para o jornal exibindo a minha salvadora meia-manga raglan.

Coloquei um colar bonito para disfarçar o pretume do traje e, mal entrei na redação, encontrei minha amiga Luciana que, num surto digno de Márcia de Windsor, olhou para o meu colar e comentou: "Nossa, que lindo!" Bem, depois que cinco ou seis pessoas elogiaram o colar, que uso há anos, tive um insight: elas estavam enaltecendo o cordão para não detonar a bata.

A essa altura eu já estava me sentindo praticamente um membro da Ku Klux Klan, só faltava o capuz para completar aquele visual livre, leve e solto. Foi então que decidi enfurnar no armário todas as batas com suas insuportáveis manguinhas engordativas. Hoje elas estão lá, penduradas no guarda-roupa e aguardando o destino (ainda ignorado) que reservarei para elas.

SUCO DE LUZ DA VIDA

Minha vida tem períodos marcantes, que costumo dividir em "antes e depois de". Minha mais nova mania é o suco da luz do sol e, há pelo menos dois meses, tudo se divide em "antes e depois" dele. Tudo bem, admito que já fiz essas divisões a partir de descobertas como a do chá branco, a dos copos diários de caldo de cana, a da semente de linhaça tomada em jejum, a do chá de amora, a das 50 picadas de abelha semanais e por aí afora. Mas a energia que eu sinto com o suco da luz do sol é uma coisa impressionante. Mais impressionante mesmo só a loucura instalada na cozinha aqui de casa depois do preparo dessa minha atual fonte de energia matinal.

Mamãe debocha quando olha para a pia bombardeada por restos de pepino, maçã, inhame, beterraba, cenoura, folhas de couve, espinafre e mostarda, gengibre, talos de salsão, brócolis... Encostada no balcão da cozinha, mamãe põe as mãos na cintura e, diante de um cenário vegetal multicolorido, se limita a comentar assim como quem não quer nada: "Como empregada doméstica, você não dura meio dia na casa de uma pessoa normal."

Tá bom, tá bom, não posso esconder que até o aquecedor de gás ultimamente anda ficando verde de tantos jatos de legumes e hortaliças no pobre coitado, e que a cabeça da minha secretária, Maria, também não fica imune à minha obsessão pelo tal suco. Tanto que a santa Maria, acostumada a lavar o cabelo só duas vezes por semana, agora é obrigada a fazer faxina nos cachinhos diariamente, para tirar os respingos dos bagaços, que deixam seus cabelos com a cor do Incrível Hulk. É claro que até agora Maria não entendeu o espírito da coisa. "Dona Bety, a senhora toma isso exatamente para quê?" E depois que eu respondo "é para não morrer", ela me olha daquele jeito típico das pessoas que desafiam a vida comendo diariamente farofa feita com pele de frango frita.

Para completar a loucura alimentar, agora descobri um novo ingrediente para o meu suco: a bardana, apelidada por mamãe de "aquele rabo de gambá". Conseguir um amarradinho delas é quase uma gincana. Depois de várias tentativas inúteis, decidi, no último domingo, amanhecer na porta do Hortifruti. Às 8 horas da manhã, meia hora antes da casa abrir, lá estava eu ansiosa para conseguir um mísero amarradinho. Fui socorrida pelo funcionário Roger, que, diante da minha aflição, se prontificou a descobrir se tinha a tal bardana, para eu não ficar ali esperando à toa. Roger voltou com a notícia alvissareira: tinha apenas um apanhado, que ele gentilmente entocou debaixo de um punhado de folhas de serralha, para ninguém pegar antes de mim quando o mercado abrisse.

Mas a luta pelo suco da luz do sol ideal não fica por aí. Como alguns me garantiram que ele não deve entrar em contato com qualquer metal e, por isso, não se pode usar a centrífuga, eu vivia num bate e coa todas as manhãs. Primeiro, a maçã e o pepino, para gerar uma substância parecida com um líquido, capaz de triturar melhor as folhas e os legumes que acrescentamos em seguida. Depois, o saco de algodão para coar tudo aquilo antes de beber. Só que, de repente, me deu um estalo: o liquidificador não tem metal na lâmina? E, na televisão, os médicos não ensinam que as pessoas que não têm liquidificador podem ralar tudo no ralador?

Estava eu, encafifada, vasculhando a internet em busca de uma resposta confiável para esta dúvida, quando, de repente, li a declaração de um especialista: "Pode usar ralador, liquidificador, centrífuga, não tem problema algum." Aliviada, liguei logo para o canal de compras e encomendei aquele mega-super-extra aparelho de suco dos meus sonhos. Em casa, de férias, perco horas apreciando aqueles abacaxis enormes sendo tragados inteiros pelo bocal (os fabricantes garantem que é o maior bocal do mercado) e virando suco puro como num passe de mágica. E pelo superbocal vão entrando melancias, jacas, abóboras, berinjelas e vários outros seres inanimados e alimentícios. Vocês já repararam que nos canais de compra não anunciam nada normal? Que tudo neles é mega, super ou extra?

E estava eu batendo esta crônica quando toca o interfone. O homem da loja estava chegando com o meu superaparelho, que, agora, todas as manhãs, tritura tudo que encontra pela frente. Menos a minha alma, que tem sido poupada, graças a Deus. Quem ri dessa mania é meu amigo Alberto, que, durante anos e anos, se entupiu de sucos de tudo o que via pela frente, em busca da eternidade. Ele jura que de nada adiantou: "Estou fulminado, careca, hipertenso, com colesterol alto, dores articulares, cheio de manchas pelo corpo e, ainda por cima, broxa." Mas nem diante dos argumentos do Alberto eu desisto. Não é marketing não, gente, mas desde que esse aparelho entrou aqui em casa, me sinto uma mulher muito mais turbinada.

DEU NO IOGURTE

Terça-feira de manhã, fui com mamãe e um amigo tomar café da manhã na padaria. Como sempre acontece, antes de sair de casa tenho que me patrulhar para não ter uma síncope. Enquanto me arrumo em menos de dez minutos, dona Amélia leva horas. Coloca batom, ajeita o cabelo, escolhe um colar para combinar com a blusa, fecha as janelas para as guimbas do cigarro do vizinho não incendiarem a casa, verifica se o gás está apagado e, diante da minha impaciência e dos meus insistentes "anda, mãe, o elevador já chegou", ela invariavelmente responde: "Me deixa, Elizabeth, que coisa, você parece o seu pai."

É incrível como eu adoro implicar com mamãe. Durante o café, enquanto ela se deliciava com um prato de rabanadas quentinhas, comentei que ia escrever uma crônica contando que ela devorou meia dúzia de uma vez só. Ela, que odeia ganhar alguns quilinhos, foi logo reclamando: "Elizabeth, estou te avisando, não coloca isso, vão achar que eu sou alguma esganada." Meu amigo Thiago brincou: "Dona Amélia, a senhora vai acabar saindo na coluna social como comedora compulsiva de rabanadas." Mamãe não perdeu a pose: "Até você, meu filho, entrando nessa loucura da Elizabeth."

Justiça seja feita, mamãe me faz rir. Sempre que chego em casa, ela se senta ao meu lado toda arrumadinha e conta as novidades do dia, todas assimiladas do rádio e da televisão, dos quais é ouvinte e telespectadora assídua. E, quando não sei de alguma coisa, me arrasa: "Você nem parece uma jornalista, não sabe de nada."

Anteontem, quando cheguei da natação, lá estava ela, fazendo as unhas com a piauiense Maria Helena. Uma semana antes, eu tinha presenteado a manicure, que anda redecorando sua casa na comunidade da Garganta, em Santa Rosa, com um quadro. Tudo bem, o quadro não fazia muito o meu estilo, mas, na época que ganhei, acabei gostando do clima kitsch da tela que estampava uma mulher nua, gordinha, reclinada sensualmente numa almofada, num clima totalmente Boticelli.

"Dona Bety, a senhora está louca", disse Maria Helena. "Espera aí, Maria Helena, sou inocente, o que foi que aconteceu?" E ela continuou resmungando, com seu sotaque nordestino, sem esconder a contrariedade. "Eu queria um quadro para colocar em cima da mesa de jantar, e a senhora me dá aquela mulher gorda, pelada, com a perseguida de fora. Me poupe, dona Bety."

Maria Helena contou que seu Germano (um vizinho dela que volta e meia me acode quando estou com problemas hidráulicos) recomendou que ela colasse um decalque na perseguida, talvez um short, quem sabe uma sainha, mas Maria Helena não quis. "E os peitos enormes da boneca, dona Bety? Ah, não, em cima da mesa de jantar, não. Minha mãe chega esta semana do Norte, vai ficar horrorizada." De repente, Maria Helena olhou para mim de um jeito estranho e, com o alicate de unha em riste, observou, ferina: "Dona Bety, sabe que essa boneca nua até que parece com a senhora?"

Mamãe ironizou com um "Maria Helena, você não conhece a Elizabeth, ela é capaz de qualquer loucura só para achar graça". E, enquanto eu prometia outro quadro para a manicure, com a tal intimidade coberta, dona Amélia desandou a contar a história sexual da vida de um artista famoso com pormenores libidinosos e palavras escolhidas com todo o respeito para atos considerados não tão respeitáveis assim.

"Mas, mamãe, onde você soube disso tudo?", perguntei. Ela explicou que a história lhe foi contada por um amigo, um senhor distinto que mora na Alameda Paris. Tantos eram os detalhes que eu insisti, desconfiada da veracidade dos fatos: "Mas mãe, como é que esse homem soube disso tudo?" "Ah, Elizabeth", disse ela em tom enigmático, "sei lá, acho que deu no iogurte."

"IOGURTE?", perguntei, curiosa. "É, aquele negócio que vocês vivem futucando no computador", respondeu. "Ah, mãe, o Orkut...

Ah, essas palavras modernas que tanto confundem os mais velhos...

Foi então que me lembrei de meu pai, que, certo dia, me recebeu, irritadíssimo, sacudindo um jornal na mão. "Esse mundo está louco, minha filha, por isso é que ninguém se entende. Agora é uma tal de profissão que eu nunca ouvi falar." Curiosa, perguntei: "Mas, pai, que profissão é essa de que o senhor está falando?" Ele chegou com o jornal bem perto de mim e apontou um texto com dedo indicador: "Esta aqui, nunca ouvi falar nessa profissão de *desiguiner*."

Era um anúncio procurando um designer para um escritório de arquitetura.

SÍNDROME DA MOSCA-VAREJEIRA

Volta e meia retorno às lembranças da minha infância. Umas maravilhosas, outras nem tanto. Outro dia me lembrei de uma cena que vivenciei na copa do nosso apartamento no Lins de Vasconcelos. Eu tinha o hábito de estudar ali, numa mesa de jacarandá, sempre coberta com uma toalha xadrez vermelha e branca, enquanto mamãe ficava na cozinha preparando o jantar.

Lembro nitidamente o dia em que aquele lugar se tornou assustador para mim. Eu estava entrando na copa, quando me deparei com uma enorme mosca-varejeira sobrevoando a mesa com aquele horripilante tom verde-azulado puxando para o metálico. Na mesma hora saí correndo e, choramingando, me agarrei na barra da saia de mamãe, mas não fiz o menor sucesso. Achando aquela cena ridícula, dona Amélia me obrigou a sentar à mesa e desfrutar, sem dar um pio, da companhia da tal mosca. "Não vou, não vou" – gritava eu, enquanto ela praticamente me empurrava para o sacrifício. Meu pânico não amoleceu o coração de dona Amélia que, naquele dia, devia estar irritada com alguma coisa, e, assim, tive que fazer meus exercícios morrendo de medo da varejeira que não saía de lá com o seu bzzzzzzz bzzzzzzz.

Bem, por conta dessa tarde fatídica, criei horror a esse inseto de duas asinhas fantasmagóricas. E eu nem sabia do mal que a tal varejeira podia causar à minha saúde. Ainda bem. Tempos depois, interessada nas minúcias de meu novo objeto de fobia, descobri ser provável que esse nome horrível seja derivado da palavra *varejus*, que significa fezes em latim. Eu, que nunca gostei muito de latim, então comemorei.

Foi ali no prédio do Lins, construção antiga, de apartamentos de cômodos amplos e com direito a uma enorme banheira onde meu pai me enfiava sempre que eu estava com febre, que vivenciei outro episódio de medo. Éramos vizinhos de dona Rosa, uma senhora simpática, mãe de três filhos que adoravam me bater. Eu, única menina do prédio, acabei virando saco de pancada. Um belo dia, entrei em casa chorando, depois de ter levado um bife de um dos filhos de dona Rosa, e fui recebida por mamãe com um "Você só entra se bater nele". Mais uma vez, dona Amélia não amoleceu.

Num ímpeto, fui até o quartinho dos fundos, peguei um coelho orelhudo daqueles feitos de plástico duro, bati com a orelha do brinquedo no tanque e, assim, criei uma verdadeira arma com a orelha quebrada. Então, com o coração aos pulos, bati na casa da vizinha e pedi para falar com o Maurício, meu espancador de plantão. Quando o menino atendeu, enfiei na cabeça dele a orelha que eu escondia nas mãos cruzadas nas costas e, vitoriosa, vi o sangue jorrar.

Foi um deus nos acuda. O garoto berrava, enquanto a mãe dele batia na minha porta e reclamava com dona Amélia: "Sua filha é uma louca." Mamãe não se fez de rogada e respondeu: "Quando o seu filho bate nela você não reclama!" E, assim, eu e mamãe batemos a porta e nos refugiamos na paz do santo lar.

Acho que esses episódios de valentia não me tornaram uma mulher corajosa. Tenho a impressão de que enfrentar esses medos, sem condições emocionais, me fragilizou ainda mais. Raramente sou vista num embate que exija enfrentamento físico. Tenho pavor. Minha raiva sai na língua e na pena. Mais do que isso seria reviver emoções que não têm a ver com a minha personalidade. Mas, se no campo físico me tornei um verdadeiro fracasso, agradeço por nunca ter tido medo de vivenciar emoções. Mergulhei em todas elas e não me arrependi. Sinto-me totalmente sintonizada com o rei Roberto Carlos: "Se chorei ou se sorri, o importante é que emoções eu vivi."

DE OLHOS FECHADOS
E CORAÇÃO NEM TANTO

Outro dia, encontrei uma amiga e comentei com ela que detesto voltar aos lugares do passado. Por causa disso, nunca mais retornei à Escola José Soares Dias, no Lins de Vasconcelos, nem ao prédio onde morei durante a minha infância, na rua Bicuíba, 141, no mesmo bairro.

Se fecho os olhos, ainda consigo enxergar com nitidez o edifício bege de quatro andares, com suas escadas largas e brilhantes. E que saudade daquela caixa de correio, postada na parede do lado esquerdo da entrada do prédio, com um box enorme reservado a cada apartamento. Eu era praticamente a única menina dali e convivia com vários garotos que, como prêmio de consolação, me deixavam passar cerol na linha das pipas que eles preparavam durante a semana para empinar aos sábados e domingos.

Nossa, para desespero de mamãe, eu fazia qualquer coisa para ser incluída naquele Clube do Bolinha, até esse trabalhinho de segunda categoria que muitas vezes deixou minhas mãos sangrando. Aliás, eu disse no parágrafo anterior que era praticamente a única menina do prédio porque em frente ao meu apartamento morava também a Teresa Cristina, filha do seu Dirceu e da dona Diva, só que ela era bem mais jovem do que eu e raramente brincava com os meninos.

No primeiro andar, tinha a dona Helena, mulher engraçada, casada com o seu Sebastião, mãe do Paulinho, que, diga-se de passagem, era uma graça. Foi ali que, durante a minha infância, fui feliz. Foi ali também que me apaixonei pelo primeiro garoto que tinha motocicleta por aquelas bandas, o Luiz Angelo, provavelmente o único do bairro que usava camiseta preta estampada com uma caveira.

É claro que esse encantamento deixou meus pais de cabelo em pé. Moto? Caveira? Mamãe dizia que aquilo era coisa de transviado. Acho que foi do Luiz Angelo que ganhei meu primeiro beijo. Mas, calma, foi só um selinho durante uma brincadeira de "pera, uva ou maçã" que os garotos, espertamente, gostavam de organizar para tirar uma casquinha das meninas. Não lembro o gosto do beijo, tampouco tenho certeza se foi mesmo do Luiz Angelo, mas ainda ouço a voz de mamãe na janela gritando: "Elizabeth, sobe. Seu pai não quer você aí embaixo", ameaçava, usando sempre o nome de seu Mario na frente para garantir que a ordem fosse cumprida.

Foi naquele bairro da Zona Norte do Rio que eu também comprei, sozinha, meu primeiro pacote de absorvente. Eu não queria, mas mamãe me obrigou. Naquela época, na farmácia do Dr. Eduardo, os pacotes vinham previamente embrulhados num papel rosa, como se ali dentro existisse alguma coisa proibida. Eu sempre dava a volta na rua para não ser pega pelos meninos com o pacote na mão, mas, às vezes, era inevitável encontrar um deles pelo caminho. E então, todos vinham correndo atrás de mim, gritando: "Comprou Modess... Comprou Modess..."

Lembrando desses fatos, e do desconforto que tenho de voltar a esses lugares, me vem à cabeça a citação do escritor italiano Cesare Pavese: "Nada é mais inabitável do que o lugar onde se foi feliz."

Foi quando me viu assim, divagando na melancolia do passado, que minha amiga interrompeu essas lembranças e, como é de seu feitio, educadamente sentenciou: "Ora, Bety, não quero me meter na tua crônica, mas acho essas certezas uma maluquice. É óbvio que qualquer retorno implica um novo olhar, mas não me incomodo, consigo enfrentar a nostalgia normal de quando se fica mais velha. Eu, por exemplo, estou louca para voltar à Itália onde fui muito feliz, durante um mês, há 500 anos."

Fiquei comovida com a força das palavras de minha amiga mas eu, ou por tentar reter a beleza da minha vida, ou quem sabe por pura covardia, não consigo pensar como ela. Prefiro sempre olhar para a frente, igual àqueles cavalos com antolhos, porque, quando olho para trás, dá nisso: uma saudade horrível daquela menina sonhadora, otimista, incapaz de colocar o pé para fora de seu castelo suburbano.

Acho que também é assim com o amor. O tempo é implacável com tudo. Há alguns meses reencontrei um antigo namorado, alguém que já fez meu coração bater descompassadamente. Pensei em não tocar nessas lembranças, ou elas poderiam quebrar como cristal barato, mas fui em frente. Só que a falta de emoção do encontro e a decepção diante da expectativa frustrada de reviver emoções antes tão intensas me deixaram triste. E prometi a mim mesma escrever sobre alegrias na semana que vem. Porque tudo isso me fez pensar que é mais fácil escrever sobre a dor, já que, diante dela, somos todos enfadonhamente iguais.

MAMÃE BRILHA MAIS
DO QUE AS ESTRELAS

Ando muito tocada nas últimas semanas. Por mais que mamãe diga que é efeito do remédio que ando tomando, juro que não é. Na verdade, ando me sentindo um ser privilegiado, capaz de tocar partes de mim que jamais toquei. Sempre com aquela sensação de que, em alguns segundos, chegarei lá, naquele ponto exato onde tudo começou. Tudo o quê?, perguntarão vocês. Tenho que admitir: não sei. Só sei que a impressão é nítida, quase palpável.

Acho que Ali Babá devia se sentir mais ou menos assim quando entrava naquela caverna cheia de tesouros, a Fada Sininho quando descobriu que estava apaixonada por Peter Pan, ou Bentinho quando viu pela primeira vez os olhos oblíquos e dissimulados de Capitu. Provavelmente por conta disso, descubro sempre algum detalhe que me emociona nos filmes a que assisto, alguma coisa que revela que viver é maravilhoso e que, independentemente das decepções, há alguma coisa mágica nesse mundo que só os visionários e os loucos conseguem perceber.

Domingo, coloquei no DVD *Stardust – O mistério da estrela*, com Michelle Pfeiffer, Claire Danes e Robert De Niro, um filme ambientado numa terra mágica povoada de piratas voadores, feiticeiras perversas e príncipes maquiavélicos. Tudo começa quando o jovem Tristan tenta conquistar o amor da bela e fria Victoria e lhe promete uma estrela cadente em troca de sua mão. A jornada o leva a uma terra mágica e misteriosa, que fica além dos muros de sua cidade, a vila inglesa Muralha, batizada assim por causa do imenso muro que mantém seus habitantes afastados do universo sobrenatural que existe do outro lado. É o final do filme que me emociona quando escuto a voz do narrador dizendo: "Nenhum homem vive para sempre, exceto aquele que possui o coração de uma estrela e Yvaine havia entregado o dela inteiro para Tristan."

Num clima dos velhos contos de fada, que li e reli durante a minha infância, tirei da história um ensinamento tão mágico quanto o do filme: todos nós temos uma estrela no coração e para conseguir que ela brilhe eternamente é preciso cuidar do mundo a nossa volta para que ele também seja iluminado pela nossa luz. Descobri que estrelas não brilham com o coração partido e perdem a luz diante do sofrimento da humanidade.

E lá estava eu no meu quarto, profundamente emocionada, quando escuto mamãe falando com alguém ao telefone: "Tá bem, em dez minutos estou pronta." Pergunto quem era, e ela responde: "O Sombra." Insisto e ela diz que meu filho Marco Antonio e minha nora Maria Elisa estavam convidando para ir ao supermercado. Franzi a testa e repliquei. "Puxa, que depressão ir ao mercado domingo de tarde." Mamãe foi ferina: "Depressão é ver você esticada o fim de semana todo vendo esses filmes de louco." Tentei ser mais convincente: "Se você tivesse visto o filme a que acabei de assistir agora, seria uma pessoa completamente diferente." Atônita, mamãe olhou pra mim e debochou: "Você não está boa da cabeça não, Elizabeth. Imagina se eu, aos 81 anos, ia querer ver um filme e depois virar outra pessoa. Só se eu estivesse completamente louca."

A SETE PALMOS

Quando eu era menina, tinha palpitações seguidas de uma sensação de pavor que tomava conta de todo o meu corpo. Quando isso acontecia, papai pegava o meu braço e friccionava com força, do ombro até a pontinha dos dedos, e eu ficava aliviada. Depois, íamos de mãos dadas andar no calçadão com passos rápidos. Às vezes, eu olhava para ele e dizia: "Pai, queria ter uma doença de verdade e não sentir essa coisa horrível." E ele respondia: "Deus me livre, minha filha, isso vai passar." E então ele ficava contando as tantas vezes que sentira a mesma coisa e lembrando que um dia foi parar no hospital achando que estava à beira da morte.

Naquela época, papai estava tão magro por conta dessas angústias da vida que ganhou o apelido de Mahatma Gandhi. Tirava do bolso uma foto amarelada pelo tempo onde aparecia usando uma calça de pijama, larguíssima, sem camisa e varrendo o chão do quintal com as costas curvadas.

Durante a minha vida olhei essa foto muitas vezes e morria de pena do meu pai, pensando o quanto de infelicidade sentiu para chegar naquele ponto. Ele foi um lutador. Aos 7 anos perdeu a mãe no parto do quarto filho. Minha avó Helena Lovecchio tinha apenas 24 anos quando viu que sua hora estava chegando e quis se despedir de cada criança. Papai não aguentou vê-la, tão pálida, deitada na cama onde ela fez questão de parir todos os filhos. Com pena, ela pediu a meu avô: "Leva o Mariucho daqui, ele está com medo", balbuciou Helena com o fiapo de voz que lhe restava.

Só conheci minha avó pelas histórias que me contavam. Ela tinha a pele bem branca e os cabelos negros como os meus, e contam que, depois de sua morte, as paredes da casa foram forradas de roxo e minha avó foi enterrada vestida de Nossa Senhora das Dores. Nas memórias escritas por um tio que morreu recentemente, consta que Helena foi levada por um coche puxado por cavalos com penachos.

Estava eu nesta altura da crônica quando chamei dona Amélia tentando conferir alguns fatos. Ela, que detesta vasculhar o passado, me olhou de banda e respondeu: "Elizabeth, você é igualzinha ao seu pai, não sei por que vai desencavar agora essa velharia!" Insisti, falei sobre a necessidade de voltar lá atrás e descobrir a beleza de existências vividas sem mediocridade, mas não convenci mamãe, que reagiu rapidamente: "Olha, Elizabeth, você está assim por causa desses papa-defuntos malucos", vaticinou dona Amélia, referindo-se à minha nova compulsão: a série "A sete palmos", criada por Alan Ball, o mesmo roteirista de *Beleza americana*.

Dito isso, mamãe saiu porta afora depois de fazer uma careta para a tela da TV, onde passava a abertura dos capítulos da série mostrando um simpático abutre sobrevoando um cemitério embalado pelo tema musical macabro que antecede os episódios. Melhor mesmo só o barulho da cama de aço, com rodinhas, transportando os defuntos sempre com os pés de fora. É como diz o Talmude: é melhor um dia nesta vida do que toda a eternidade no mundo que está por vir.

NO FOGÃO COM SILVANA

Dona Amélia anda irritada com a possível contratação de Silvana, uma chef de mão-cheia que arrumei para pilotar o fogão lá de casa aos sábados. Cansada de peregrinar por restaurantes (é incrível como a qualidade da mesa anda despencando), decidi lançar mão de ingredientes de qualidade e chamar amigos para almoçar em casa. Bom, a Silvana entra aí porque eu detesto pilotar fogões e colocar a mesa, mas A-DO-RO ver tudo lindo e arrumado.

"Eu não quero saber dessa Silvana. Se ela entrar por aquela porta, eu me tranco no meu quarto ou dou o fora", reclamou dona Amélia. E, antes que eu pudesse convencê-la do quão Silvana seria útil no nosso final de semana, o telefone tocou. Era meu irmão, Thiago Monteiro, querendo saber o que mamãe achava da nova chef. Então a coisa degringolou de vez. "Olha, Thiago, a cada dia que passa a Elizabeth fica pior. Com toda certeza, ela quer colocar essa mulher aqui em casa para se encher de comida. A situação chegou a tal ponto que um bife só não adianta, tem que ser dois. E quer saber de outra coisa? A Elizabeth gosta dessa fuzarca com a casa cheia de serviçais para ela não fazer nada."

Sem graça, Thiago desculpou-se, alegando que não podia opinar pois é "um filão da boia nos finais de semana". Mas mamãe não parou. "Eu sei, meu filho, você é cupincha dela. Mas a Elizabeth está perturbada, só fica vendo esses seriados com sangue, caixão, gente morta. Semana passada, apareceu aqui na sala soluçando por causa de um desses personagens loucos. Era um casal gay, um deles morreu, e o outro fez uma homenagem encenando *La Bohème*, de Puccini. Ela parecia uma louca, soluçando e esfregando os olhos vermelhos. Aí eu falei: tá na hora de voltar pra terapia, Elizabeth. Você, realmente, está um caso perdido."

Outro dia, morri de rir quando uma amiga contou esta história impagável. Ela estava num almoço de família, quando alguém ofereceu um delicioso suflê de milho verde para um sobrinho. Gentilmente, ele recusou a iguaria explicando que não comia ovo. Um primo pândego (psicanalista, naturalmente) lançou mão das teorias freudianas para explicar a recusa: "Ele não come ovo porque a mãe dele se chama Clara."

MÃE É FOGO

PAPO CALCINHA

Não sei o que seria de meu humor sem mamãe. Filha de portugueses, obediente às regras sociais (nunca ouvi um palavrão da boca de dona Amélia), ela é a mãe mais divertida do mundo. E a mais crítica também. Com aquele seu jeitinho sonso, a língua afiada, não deixa passar nada que possa macular meu comportamento.

Outro dia mesmo, eu estava saindo do banho, já um pouco atrasada para o trabalho, quando ousei ir até a sala só de calcinha. Dona Amélia, que fica uma fera quando me vê "descomposta", como ela gosta de repetir, naquela segunda-feira pegou pesado. Sentada na bergère lendo o jornal, ela abaixou um pouco os óculos, olhou para mim e disse: "Elizabeth você vai para o jornal com essa calcinha rasgada?" Contra-ataquei com um "Mãe, me deixa, ela só está com o elástico solto, eu adoro essa calcinha, me sinto nua". Dona Amélia não se conformou: "Depois que você engordou ficou com essa psicose de ficar nua, não aguento isso. Tira essa calcinha que eu vou passar na máquina."

Imediatamente percebi que estava prestes a sofrer um golpe baixo: tirar a calcinha, colocar outra por conta da pressa (não teria tempo de esperar o conserto) e vê-la desaparecer da minha vista para sempre porque, é claro, mamãe ia jogá-la no lixo. E decidida a não ficar sem minha mascote, disse um sonoro "não tiro" para mamãe, que, inconformada, tentou me nocautear. "Elizabeth, isso é uma falta de respeito." E quando argumentei com um "falta de respeito com quem?", ela concluiu: "Com você mesma!"

E lá fui eu para o trabalho, lépida e fagueira, com a cantilena de mamãe buzinando nos meus ouvidos e imaginando a bronca que eu vou levar quando essa crônica for publicada: "Você é igualzinha ao seu pai, Elizabeth, todo mundo sabe da sua vida. Vou passar um mês sem andar com você pela Moreira César."

Minha amiga Suzete Aché morre de rir quando eu escrevo sobre esses temas, digamos, mais subterrâneos, e vive me aconselhando a não revelar que a protagonista sou eu mesma: "Por que você não coloca que aconteceu com outra pessoa?" Sorrindo, limito-me a responder: "Não dá, Suzete, todo mundo ia mesmo saber que aconteceu comigo. Pensando bem, acho melhor dar um tempo nas minhas caminhadas na Moreira César até que as pessoas esqueçam desse papo calcinha."

TOALHA INDISCRETA

Nunca imaginei ser protagonista de cenas tão inusitadas. Elas aconteceram no domingo retrasado, com direito a desdobramentos inesperados no dia seguinte. Foram momentos de pavor e, paradoxalmente, tranquilizadores. Explico: tranquilizadores porque, no meio daquela tempestade de raios, e, sozinha em casa, relembrei tragédias ancestrais (vulcões furiosos e tsunamis pré-históricos), registradas em livros escolares, lendas indígenas e crenças populares que falam de fenômenos meteorológicos.

Velhos como nosso planeta, pensei, tentando me acalmar. Houve um instante em que disse, bem alto, para mim mesma: "Calma, Bety, tudo isso é natural e passageiro." O esforço foi inútil. Em uma hora, o pânico baixou de vez. Passada a tormenta, fiz as contas e concluí: três horas de trovões, relâmpagos e muita água. Só então me dei conta de duas outras coisas. Primeiro, continuava faltando luz. Minha mãe, que tinha ido visitar meu irmão, telefonou avisando que voltaria quando a chuva diminuísse. Num raio de lucidez expliquei que as ruas estavam às escuras; e os elevadores, parados. Segundo, fui assolada por dúvidas, pelo menos para o meu estado de espírito. E se a luz não voltar? E se os trovões e relâmpagos retornarem? E se minha mãe não puder voltar? Fiquei aflita e, a essa altura do campeonato, lembrei que estava nua.

Quando a tempestade caiu e a luz apagou, eu estava tomando banho. Saí às pressas, enrolada na primeira toalha que encontrei pela frente. Uma toalha de rosto que, sobre mim, funcionava quase como uma folha de parreira. Quando alcancei a varanda, aos tropeções, a toalha ainda me protegia. Mas depois, para riscar o fósforo e acender a vela, dei uma de Eva e assumi o nudismo. Só que me sentia a léguas do paraíso.

Já passava da meia-noite quando mamãe avisou que ficaria na casa de meu irmão. Os trovões estavam bem mais fracos, e os relâmpagos, embora distantes, ajudavam a iluminar a varanda e a sala. Enxuguei meus cabelos e ouvi gritos vindos da rua. Um homem avisava aos motoristas que na esquina vizinha havia uma árvore enorme caída sobre o asfalto. O medo me levou a acreditar nas previsões dos bruxos: o mundo está para acabar.

Dominada por maus pensamentos, dormi pouco antes das três horas. Tudo continuava um breu. Às seis horas, fui acordada pelo som do celular. Era mamãe. Alívio, continuavam todos vivos. E a luz voltara. Tomei banho e desci em busca de uma padaria. Estava certa de que nunca tinha visto tantos raios. Quando virei a primeira esquina, tive certeza. Em conversa com um motorista de táxi, um homem dizia: "O trem tá feio, essa nova era chega com turbulências de arrepiar cabelos pixaim."

Parei e me meti na conversa. O autor da frase era um senhor que acabara de acender uma vela junto ao muro de proteção da Igreja Porciúncula de Santana. Com a sabedoria acumulada ao longo de seus 87 anos e a vivência de quem passou a infância e parte da adolescência na roça – e bem jovem mudou-se para o Rio –, ele se dizia orgulhoso de ser um "profundo conhecedor da natureza". Contou que ficou a noite inteira na rua e, antes de voltar para casa, acendeu uma vela para pagar a promessa feita nos momentos mais críticos da tempestade. "Pensei que seria fulminado por um raio. E olha que morei em casa de pau a pique, coberta de sapê. E nunca tive medo de trovão e relâmpagos."

Na padaria onde tomei o café, ouvi um papo incrível. Um homem aparentando 40 anos dissertava sobre raios: "Devem ter caído, neste domingo, perto de cinco mil em todo o Estado do Rio. De 2000 a 2009 morreram, atingidas por raio, 1.321 pessoas no Brasil. Com a marca de 29%, a região Sudeste foi onde ocorreram, no período, mais mortes. Paraíba e Sergipe registram o menor número. As chances de alguém ser atingido são de uma em um milhão."

O clima mudou quando ele contou que o momento mais surpreendente da terrível noite do domingo foi a reação de seu filho de 16 anos que, indiferente aos trovões e raios, teve um chilique ao ver uma barata entrar voando pela janela, e trancou-se no banheiro. Uma conhecida que dividia a mesa comigo queimou a língua com café quente, tentando conter o riso.

Mas o papo despertou em mim uma boa ideia: estou pensando seriamente em me mudar para João Pessoa ou Aracaju. Em busca, é claro, de mais segurança contra raios. Insetos não me apavoram, mas tempestades...

Depois de ler esta crônica, mamãe, que prefere ficar em Niterói, mesmo coberta de raios e trovões, aconselhou: "Elizabeth, você é louca de escrever que estava nua enrolada numa toalha de rosto. Vai acabar desmoralizada na cidade."

EU SÓ QUERIA QUE VOCÊ SOUBESSE

Chego em casa animadíssima depois de uma hora de natação, abro o meu e-mail e encontro a mensagem intitulada "Sou apaixonado por você", que tornou meu fim de semana menos previsível. Excitada, chamo mamãe para ouvir e, diante das palavras do missivista, ela conclui: "Esse deve ser outro louco, Elizabeth, se livra dele."

Decepcionada, deixo mamãe de lado e leio, vagarosamente, as palavras na tela: "Oi, Bety, sempre compro *O Globo* nos finais de semana. No sábado, por causa do caderno Prosa & Verso. Não costumo olhar colunas, talvez Miriam Leitão, Agamenon... Não tenho muito tempo. Até que um dia, por acaso, passei os olhos na sua coluna e você falava que via a realidade com um olhar desfocado, como se estivesse embaçado. Pronto, eu já tinha pensado sobre isso. A partir desse momento, comecei a comprar o jornal por sua causa. De leitor virei seu fã e depois me apaixonei. Sempre tenho sonhos, conversando com você até de madrugada, na companhia de um bom vinho. Você saiu de férias e não me avisou, sofri, pensei que a sua coluna tivesse acabado (nem deixou uma interina). Sou casado, tenho filhos adolescentes (...), lutei contra a ditadura, leio vorazmente, ouço Yes, Pink Floyd e sou louco por você. Não quero ser seu amigo virtual, nem vou te escrever mais. Só queria que você soubesse."

É no mínimo surpreendente, para uma mulher madura como eu, ler palavras tão delicadas numa manhã friorenta de sexta-feira. Li, reli, comentei com uma amiga – ela morreu de inveja – e levei quatro dias para responder a mensagem. Não sabia o que falar, penso que qualquer palavra macularia os sentimentos de meu suave admirador.

Independentemente de não ter gostado da possibilidade de uma interina ser capaz de amenizar a minha ausência (nós, mulheres, somos incorrigíveis), posso afirmar, sem medo de errar, que sou uma felizarda. De hoje em diante, já posso fechar os olhos num desses domingos solitários (sempre detestei suas noites arrastadas) e imaginar esse homem sem rosto me falando palavras doces. Posso até ouvir seus passos caminhando em minha direção, com duas taças de vinho nas mãos e um sorriso suave nos lábios. Enfim, pressinto que viveremos para sempre numa tentativa inútil de nos decifrar.

Talvez discordemos um pouco na hora de escolher o fundo musical mesmo que ambos amem Pink Floyd

– quem sabe ele prefira "Another Brick In The Wall" e eu, sem dúvida, "Wish You Were Here". Mas importante é sentir a energia fluindo em torno de nós, aquela que dispensa a banalidade das palavras e dos gestos. Talvez eu arrisque uns versos de Sophia de Mello Breyner: "Terror de te amar num sítio tão frágil como o mundo/ Mal de te amar neste lugar de imperfeição/Onde tudo nos quebra e emudece/Onde tudo nos mente e nos separa." Talvez ele prefira Pessoa, seja louco por astrologia como o poeta português (dizem até que os famosos heterônimos tinham o mapa astral traçado detalhadamente pelo poeta), mas de uma coisa estou certa: eu e ele sofremos de um certo tédio que, nas madrugadas solitárias, se transforma em sonhos delirantes. Sonhos que, lá no fundo, sabemos estarem fadados ao fracasso.

Tenho certeza de que ambos estamos cansados dos males que os homens causam uns aos outros. Talvez por egoísmo, por orgulho, por vaidade... Mas isso não importa, são males e pronto. E, assim, ficamos nos sonhos porque eles nos confortam nas noites de tédio e solidão e podem ficar ali, intocáveis, pela eternidade. Somos almas que se atraem e reconhecem e, no íntimo, sabem que o cotidiano, apesar de sua monotonia, é a coisa mais verdadeira que nos resta. Eu também já estou apaixonada. E só queria que você soubesse.

DELICIOSAMENTE DEVASSA

Tenho que confessar: eu não saberia viver sem mamãe. Todos os dias ela tem um comentário surpreendente que alegra o meu dia. Esta semana eu reclamava que não tinha patê de ave, água de coco, rúcula, essas coisas que eu não sei viver sem, quando mamãe, indignada, saiu-se com esta: "Ora, Elizabeth, a Maria não dá conta da casa porque a manhã inteira ela fica às suas ordens."

Mostrei surpresa diante da afirmação e Biscoito Maria começou a listar as atribuições que coloco nos ombros da Santa Maria Felinto: achar meus óculos de natação, passar creme e secar meus cabelos depois do banho, raspar minhas pernas, coxas etc. pelo menos uma vez por semana, fazer minha "merenda", ligar para o contador, tirar xerox de algum texto na esquina, descobrir onde enfiei o carregador do meu celular, pegar os livros que estão entulhando o meu carro, catar meu sapato que sumiu debaixo da cama, pegar DVD no Henrique e receita no Olímpio, achar o meu inseparável anel do Virgílio Bahde que larguei em algum canto da casa, e por aí vai.

Não bastasse ter jogado na minha cara o meu, digamos, jeito anárquico de ser, mamãe ainda arrematou com um: "Ora, Elizabeth, e você ainda fica todo dia escarrapachada nua no sofá mandando a Maria passar OFF no seu corpo. Você parece até Dom João, que tinha a mania de guardar osso de galinha no bolso", arriscou mamãe, sugerindo que eu preciso de uma babá.

Comecei a rir, imaginando o espetáculo da cena da Maria passando OFF no meu corpo e decidi conferir com minhas amigas especialistas em realeza se Dom João VI fazia mesmo as coisas que mamãe disse, para não escrever besteira. Minha editora, Ana Cristina Reis, garantiu que não. "Dom João era muito recatado, Bety. Dom Pedro I, sim, era chegado a esses arroubos." Luciana Fróes, outra enturmada nos meandros reais, completou: "Os livros que li não falam da nudez, ao contrário, falam da resistência que ele tinha a tomar banho e a trocar de roupa. Todos da corte eram porquíssimos." Eu já estava dando graças a Deus por tomar pelo menos dois banhos por dia (agora, admito, com um fedorento sabonete de andiroba contra o mosquito da dengue), quando Luciana completou: "Quem guardava osso de galinha era Dom João. Dom Pedro I gostava era de trepar."

Já estava absolutamente certa de que mamãe tinha feito uma misturada com as preferências sexuais e gastronômicas da realeza, quando Ana Cristina Reis começou a rir e sacou da gaveta o livro de João Felício dos Santos *Carlota Joaquina – A rainha devassa*, a soberana que, apesar de não ser bonita, encantou Dom João com sua personalidade exuberante. Vocês podem não acreditar, mas adorei ter sido comparada a uma devassa. Adoro mulheres devassas porque elas me parecem mais palpáveis (literalmente) e verdadeiras. Mas agradeci a Deus por não ter nascido com tantos atributos masculinos como Carlota – que tinha a voz grossa e pernas de homem –, nem ser injusta e infiel como ela. Aliás, por falar em infiel, adorei a frase que ouvi no filme *Dois dias em Paris*: "Você pode amar para a vida inteira, mas não pode amar o tempo todo." Tenho certeza de que a rainha devassa já sabia disso naquela época. Afinal, se vale para os homens, por que não para as mulheres?

O ADORÁVEL HOMEM DAS NEVES

Conheci o sueco Erik há três anos na internet. Apesar da diferença de idade, da distância física e de transitarmos em universos diferentes (ele é piloto de testes de uma empresa automobilística), ficamos amigos. Pouquíssimas vezes encontrei na vida uma pessoa tão pura e sincera. Por isso, não pensei duas vezes ao convidá-lo para hospedar-se na minha casa, quando ele anunciou que estava vindo passar um mês no Brasil. Erik, que fala português, ficou tão surpreso que, no dia seguinte ao convite, perguntou-me: "Bety, mas ninguém achou esquisito você convidar uma pessoa que nunca viu para ficar na sua casa?" Talvez a minha resposta também tenha parecido esquisita: "Acharam, sim, mas eu não ligo, confio em você."

Marcado o dia da chegada do hóspede sueco, prevista para as cinco e meia da manhã, começou a loucura. Mamãe anunciava: "Dependendo do tipo, eu me mando e só volto quando ele for embora." Meu irmão vaticinava:

"Mãe, Elizabeth é uma louca! Vocês ainda vão ser assassinadas dentro desse apartamento." Na véspera da chegada de Erik, minha analista arriscou: "Mas, Bety, baseada em que você confia no Erik?" E respondi: "Eu sinto que posso confiar nele." No fim da sessão, ela me levou até a porta e, antes que eu saísse, aconselhou: "Querida, sinto-me na obrigação de lhe falar isso: que tal você ir até o aeroporto amanhã para ver se o rapaz está mesmo chegando da Suécia?" Na hora, pensei em ir. Tantos alertas me deixaram apreensiva, admito, mas, depois, desisti. Não tanto pela preguiça, mas pela confiança inabalável que tenho na minha intuição.

Às sete horas da manhã, a campainha tocou e, quando abri a porta, lá estava aquele ser angelical, cabelos louros lisinhos, olhos azuis, igual ao anjo de *Barbarella*. "Olá, fez boa viagem?" Eu, mamãe e Erik trocamos beijinhos formais. Saudações tímidas que logo foram interrompidas, quando botei Erik diante de uma mesa cheia de iguarias. Quando não temos o que falar, é bom empanzinar a visita para impedir que a conversa se prolongue e também para que não role nenhuma saia justa.

De repente, a campainha. Era um amigo que, na véspera, tinha sido convocado por mim para dar uma geral no sueco e fazer um FBI básico. Apresentações novamente, e meu amigo, que normalmente é tímido, disparou a falar sobre a história mundial da ecologia diante de um Erik de olheiras, derrubado pelo jet lag. "Acho que ele está cansado", arrisquei. "Não, não", disse o hóspede gentilmente. Meu amigo se animou. Depois de duas horas de muito tititi sobre calotas polares e Floresta Amazônica, Erik pediu licença e se retirou para seus aposentos, que, há alguns meses, eram apenas o quarto de meu filho, que se casou em outubro. E que mamãe, apesar de todas as reclamações, redecorou inteirinho, com direito à compra de lençóis novos.

O louro, que ficou conhecido lá em casa como "o adorável homem das neves", dormiu por quase 30 horas. A certa altura, eu e mamãe ficamos apreensivas. "Será que ele tomou alguma coisa e teve um troço?", perguntou dona Amélia. Nervosa, liguei para meu consultor de emergências: "Titi, não sei mais o que fazer, o homem não acorda!" E ele, genial como sempre, deu a solução: "Canta bem alto, liga o rádio, a televisão aos berros e, se ele não acordar, chama um médico para fazer uma inspeção."

Não sei se foi a música, as marteladas da obra ao lado ou a ameaça iminente de uma apalpadela do médico que ressuscitou o hóspede. Cambaleando, Erik foi logo tomar o seu café. Servido por mamãe, naturalmente, pois esta colunista aqui, como diz Biscoito Maria (apelido de dona Amélia), "não quer saber de nada, só de conversê". Erik amou suco de caqui. Gostou tanto que a bebida lhe foi servida durante todo o mês que ficou lá em casa, deixando o hóspede meio cor de abóbora.

Nos cafés da manhã, conversávamos sobre tudo. Mamãe adorou saber que ele costuma correr na neve e, volta e meia, esbarra em alces e ursos. "Mas, meu filho, e se o urso atacar?" Ele ria: "Eu corro mais rápido, dona Amélia." Em menos de 15 dias, a estranheza inicial desapareceu, e Erik foi assimilado pelo clã dos Orsini. Viramos uma grande família. E redescobrimos, juntos, mais uma vez, a importância da palavra confiança e do aconchego da intimidade. Tanto que, certo dia, quando Erik observou que estava me achando um pouco inquieta, e respondi: "Eu? Que nada, ando calmíssima, estou tomando um ansiolítico." –, ele começou a rir. E, diante da minha cara de espanto, confessou: "Ah, Bety, o que eu gostaria mesmo de saber é como você é sem tomar esse remédio."

SHUNGA E SAQUEPIRINHA
NO CAFÉ PARADOR

No dia em que escrevi esta crônica acordei um pouco estranha. Não foi por acaso. Ser pedida em casamento por um "*pure Japanese man*" não acontece qualquer dia. Independentemente da resposta que eu possa dar ao meu suave pretendente, que, diariamente, envia e-mails com comoventes "Niato quer Bety esposa", "Niato não pode mais viver sem Bety", fui assolada por um universo povoado de mangás, gueixas sexualmente competentíssimas e gravuras eróticas de Utamaro.

Você não sabe quem é Utamaro? Eu também não sabia até Niato entrar em minha vida. Considerado um dos grandes expoentes da arte Ukiyo-e, Kitagawa Utamaro foi um pintor e autor de gravuras que ficou famoso por seus retratos de belas mulheres, ou bijin-ga, e por suas shungas (gravuras eróticas).

Liguei para uma amiga, praticamente minha psicanalista de plantão, pedindo socorro para iluminar este momento arigatô da minha existência. Marcamos encontro num café e, durante uma salada de salmão fresco com tomate seco (bani os tomates-cereja da minha vida, porque Niato disse que eles trazem má sorte ao coração), conversamos sobre o amor, suas possibilidades e impossibilidades. Contei para ela que Niato adora cinema, saquepirinha, joga golfe no verão e confesso, toda prosa, que vive me chamando de "minha esposinha" e "*my sexy Brazilian lady*".

Ah, esqueci de contar que ele é professor em Kyoto, uma cidade com um milhão e meio de habitantes com detalhes tão delicados como os hábitos japoneses: pequenos bonsais nos jardins, senhoras de roupão de seda caminhando pelas ruas mais calmas e mais de 1.600 templos budistas. Imaginei a solidão de Niato na simplicidade de seus hábitos perdido numa cidade com milhões de japoneses pra cima e pra baixo, pagando quase um dólar por uma reles banana e, pensativa, disse para minha mãe: "Tadinho dele, mãe, morro de pena, tão longe, ilhado entre milhares de japoneses enlouquecidos."

Mamãe, sempre prática, saiu-se logo com esta: "Tadinho de quê, Elizabeth? O homem nasceu lá, sempre viveu lá cheio de japoneses em volta. Você não está boa da cabeça, não." Insisti mais um pouco para ver se amolecia o empedernido coração de mamãe e sugeri: "Já pensou, mãe, ele sentadinho no sofá cor de abóbora aqui da sala, e você no sofá branco, conversando? Ou vocês dois passeando no campo?" Mamãe foi fria e certeira como a espada de um samurai: "Me tira dessa, Elizabeth, eu não ia entender uma palavra do que esse homem fala. Se você cometer essa loucura, e esse japonês vier morar aqui, eu volto pra Itaipu." Tentei ser mais incisiva: "Mãe, mas ele me disse que domina todas as técnicas sexuais do Kama Sutra também." Ela foi mais fria ainda: "Ora, minha filha, isso é balela, os bichos procriam adoidado e não têm técnica nenhuma."

Até hoje não entendo a quem puxei com esses sonhos românticos. Garanto que não foi à mamãe, que, todas as vezes que vê meu coração batendo mais forte, insiste em me trazer à realidade com argumentos demolidores: "Minha filha, você parece uma adolescente. Esse japonês só pode ser um louco. Largar tudo na terra dele, profissão, universidade, para ficar com você num país estranho..." Enfim, como diz Niato, o amor tem caminhos que a razão desconhece... Só sei que as frases que ele me diz todos os dias aquecem meu coração.

Hoje leio tudo sobre Kyoto. É como se aquela imensa cidade me fosse tão familiar só porque nela existe Niato pensando em Bety. Quando estou triste, as frases que ele me envia ecoam desconexas perdidas no espaço não real da minha vida. Tudo é amor e felicidade com direito a *grand finale*. "Vamos passar outonos amando em

Tóquio"; "Niato quer mimar Bety para sempre"; "diferenças culturais não importar, importar amor"; "quero amar Bety muito, enlouquecer juntos".

Doce Niato, solitário Niato, que me acostumei a chamar de *my distant love*. E mamãe? Ah, gente, vocês nem podem imaginar. Apavorada com essa minha paixão nipônica, mamãe foi acometida de um surto estranhíssimo. Comprou um quimono negro com inscrições eróticas e todos os dias, quando eu chego do trabalho, começa a fazer reverências inclinando o corpo para cima e para baixo, gritando palavras estranhíssimas: "Mitsubishi", "Suzuki", "Miojo", "National Kid".

O MOTORISTA BAIANO

Semana passada, depois de um almoço com minha amiga Dedina, no Leblon, peguei um táxi de volta para o jornal. O motorista, um rapazinho de olhos amendoados que oscilavam entre o amarelo cor de lobo e o violeta tipo Liz Taylor, perguntou se eu poderia lhe ensinar o caminho de volta.

Disse que morava na Bahia, estava aqui há pouco tempo e ainda não conhecia bem a cidade. E com aquele sotaque baiano arrastado, o moço começou a falar (e muito) sobre a sua vida. E contou que veio para cá em busca de dias melhores, deixando, numa cidadezinha baiana, um sítio com algumas cabeças de gado. A certa altura, bem animadinho, perguntou se podia me chamar de você e, simpaticamente, eu respondi "é claro que sim".

E foi falando, falando, dizendo que não tem medo do trabalho, que dirige das sete da manhã às sete da noite, mas não aguenta mais a solidão quando chega em casa, um apartamento no famoso Edifício Master. Nos dias de frio, ele afirmou filosoficamente, a tal solidão dói tanto que entra nos ossos como uma faca. E mais: disse também que estava cansado das mulheres jovens, tinha rompido um relacionamento com uma dez anos mais nova que quase o levou à loucura, e agora queria uma mulher mais velha. E que não se importava se ela tivesse filhos. Quase perguntei o que ele achava de uma que tivesse netos, mas, ainda bem, guardei a ironia só para mim.

É claro que a essa altura eu já estava morrendo de pena do rapaz, munida dos meus instintos protetores, principalmente quando ele contou que atualmente, quando chega em casa, tem que fazer um macarrãozinho ou grelhar um bife, senão morre de fome.

Aconselhei-o a que tivesse cuidado com as mulheres cariocas, que elas não levam a vida muito a sério, e não estão mais querendo pilotar fogões, só carros importados. Estávamos parados num sinal quando ele olhou para mim, de um jeito insinuante, perguntou se eu tinha filhos e qual era a idade deles. Respondi que só tenho um filho, de 30 anos, o que o deixou boquiaberto: "Nossa, então você deve ter tido filho quase menina." Eu já estava com o ego lá em cima, mas, cautelosa, revelei a minha idade verdadeira.

Ele não se deu por vencido: "Nossa, não me leve a mal, mas você é muito simpática, tem um jeito de garota e um sorriso lindo", disse, virando a cabeça para trás num ângulo de 90 graus. Agradeci, toda serelepe, e já estava quase acabando a corrida quando ele me entregou um cartãozinho com seu telefone e disse: "Como é o seu nome?" "Bety", respondi. E com uma piscadela cheia de promessas, o rapaz continuou: "Então é isso, Bety. Adorei você, se precisar de uma corrida, uma conversa, pode me ligar a qualquer hora."

Mesmo diante daquele corpão sarado de academia e daqueles olhos lânguidos que prometiam o paraíso, só me vinham à cabeça as palavras que mamãe diria se soubesse do acontecido. Parecia que ela estava ali, sussurrando no meu ouvido: "Ora, Elizabeth, o que é que um garoto dessa idade, com olhos de Elizabeth Taylor, vai querer com você?" Quando cheguei em casa, contei tudo para dona Amélia que, como sempre, foi implacável: "Minha voz é sábia, Elizabeth. Esse cara estava era a fim de pegar uma tola como você para se dar bem."

BANANAS ERÓTICAS

Eu e mamãe conhecemos Teresa no início dos anos 90. Ela fazia (e ainda faz) deliciosos quitutes de baixa caloria. Há alguns meses não a via, envolvida, digamos, numa espécie de caso amoroso sem solução com os carboidratos. Outro dia, encontramos Teresa no seu Chevette de sempre, abarrotado de iguarias, e uma coisa chamou a atenção: o novo feitio da banana diet empanada, há anos sucesso absoluto entre sua fiel clientela. Outrora redondas, fofinhas, ingênuas até, as bananas agora são idênticas a um falo, rígidas, como se prometessem aos consumidores prazeres insuspeitados. Prevenida como sempre, comprei logo uma dúzia para guardar no freezer em caso de necessidade. Ou de fome, naturalmente.

Estava eu matutando sobre o motivo da mudança de formato das ditas cujas, quando encontramos uma amiga comprando horrores numa loja de lingerie erótica. Amante assumida de calcinhas cavadíssimas e das tais bananas, ela já sabia de tudo. Contou que Teresa, num momento de dificuldade financeira, decidiu improvisar como a maioria dos brasileiros – só que dublando filmes eróticos adultos. Por conta disso, as bananas foram instintivamente mudando de feitio. Morri de rir imaginando Teresa, uma recatada mãe de família, fazendo sonoplastia para casais pelados, famintos de amor, em filmes do tipo *Desejo molhado*, *Devoradora 2* ou *Gostosas e taradas*.

Não sei se foi a caminhada, ou o tema da conversa, mas cheguei em casa faminta. Botei duas bananas para esquentar e fui para o computador. De repente, ouvi os gritos de minha mãe, dona Amélia, vindos da sala. "Elizabeth, minha filha, que barulho estranho é esse na cozinha?" Corri até lá e, espantada, escutei gemidos saindo de dentro do forno. Abri a porta devagarzinho e, acreditem se quiser, as duas bananas estavam lá, entrelaçadas num balé de amor, com direito a gritos e sussurros: "Ai, mais um pouquinho..." "Ui, que delícia..." Assustada, fechei a porta do forno correndo e telefonei para Teresa. Perguntei se o que estava acontecendo era alguma mágica, quem sabe macumba, até aventei a hipótese de estar sendo vítima de um surto, mas Teresa, todo-poderosa, como se guardasse um segredo precioso, limitou-se a responder: "Bety, às vezes acontece, as bananas criam vida."

Achei que talvez Teresa estivesse delirando, mas, diante dos gemidos que inundavam a cozinha, decidi engrenar uma conversa. Quem sabe o tema poderia virar uma crônica? Ela contou que nasceu em Recife, mas veio com a família, ainda menina, morar em Niterói. E que, gordinha, decidiu frequentar um grupo de auto-ajuda e, incentivada pela mãe, dona Norma, começou a bolar iguarias dietéticas que ganharam fama. E as bananas? Ah, para incrementar o orçamento, há alguns anos Teresa aceitou o convite para dublar filmes eróticos estrelados por personagens peladonas como Sophia Neuman, que, por estranha coincidência, é parecidíssima com Teresa. "Os produtos eróticos são um grande filão monetário, e decidi erotizar também o meu produto. Foi o maior sucesso. Vendo quase mil bananas por mês... E não tenho problema com isso. Nunca fui preconceituosa. É um trabalho como outro qualquer."

Conversa vai, conversa vem, Teresa acabou contando uma coisa engraçadíssima. Sua mãe, dona Norma, quando estava grávida dela, foi ao cinema ver um filme russo e ficou apaixonada pela protagonista, que se chamava Piroska. Encantada, decidiu batizar a filha que ia nascer com o nome da personagem. A avó de Teresa, dona Zuleide, quase teve uma síncope e, exaltada, gritou com a filha. "Norma, você está louca, pôr esse nome na minha neta? Nunca, jamais." Não fossem os gritos de dona Zuleide, Teresa hoje se chamaria Piroska e, provavelmente, continuaria vendendo suas deliciosas bananas eróticas empanadas nas esquinas da cidade.

MAMÃE E DR. HOLLYWOOD

Manhã de sábado, sol delicioso. Eu e mamãe voltávamos de Itaipu, onde fui pegar um vestido lindo que comprei num shopping do bairro. De repente, um ônibus parou num sinal, bem na nossa frente, exibindo uma publicidade em letras garrafais, oferecendo "escova de caviar" e "luzes californianas". Dona Amélia ficou indignada. "Ora, Elizabeth, eu é que não caio numa esparrela dessa. Imagina se essa escova tem caviar... Duvido!"

Tentei arrancar mamãe dessa descrença na palavra do próximo, que, admito, ultimamente também tem sido uma característica minha, mas ela não se conformou: "No máximo, eles colocam uma sardinha nesse creme, e olhe lá!" E não parou por aí: "E essas luzes californianas? Colocam esse nome só para cobrar uma fortuna", vaticinou. "Mas, de repente, ficam bonitas", balbuciei. "Bonitas? Só se você for idiota para cair nessa arapuca. Ou você não reparou que essas mulheres da Califórnia são umas mondrongas, todas massudas?"

Comecei a rir e, sei lá por quê, mamãe passou a falar em Dr. Hollywood, como se ele fosse uma consequência natural da tal escova de caviar e das luzes californianas. E descreveu, tintim por tintim, as maravilhas que o médico brasileiro Robert Rey, o queridinho das celebridades americanas, faz no seu reality show, reformando as, digamos, partes baixas de sua clientela. Nossa!... Pela descrição de mamãe, a coisa é um horror. "Ele tem 44 anos, mas cara de 30, dizem que usa uma coisa que rejuvenesce, mas duvido, ele deve ser assim mesmo". Argumentei que a indústria cosmética está adiantadérrima, que hoje existem poções mágicas para quase tudo, mas dona Amélia não se deu por vencida: "Isso é para ganhar dinheiro dos trouxas. Lembra daquela doutora Aslan, que rejuvenescia todo mundo? Morreu toda encarquilhada. Só tem um remédio que não falha, minha filha..." e parou por aí, tentando despertar a minha curiosidade.

Eu, que também ando em busca da eterna juventude, mas não acho de jeito nenhum, perguntei qual era o tal remédio, e mamãe terminou com chave de ouro: "Juventude minha filha, ju-ven-tu-de, não tem outro. É só você olhar para essas suas amigas todas esticadas, com cara de tamborim, pra ver que eu estou certa." E me lembrei, então, de uma famosa médica que, no finalzinho dos anos 80, sapecou uma injeção da Dra. Aslan em um amigo meu, que, além de não ter rejuvenescido, ainda ficou dois dias sem voz.

Só que mamãe estava com ideia fixa e voltou a falar no Dr. Hollywood, que ela acha "bonitinho" e que, segundo o boletim de dona Amélia, chega ao Brasil amanhã para ver "o pai, que é um safado, mas que o Dr. Hollywood quer reencontrar antes que ele (o pai) morra". Para não ficar muito por fora do tema, comentei com ela do sucesso que o homem faz implantando silicone pelo umbigo em suas clientes. "Puxa, Elizabeth, você está sempre por fora, nem parece jornalista. Ele não trabalha mais pelo umbigo. Agora, ele só faz pela aréola", esclareceu dona Amélia, enquanto contava as maravilhas que Dr. Hollywood fez no bilau de um homem que teve o dito cujo prejudicado por um trator agrícola.

Já morrendo de rir da paixão de mamãe pelo médico das estrelas, contei para ela que meu amigo Thiago Monteiro leu em algum lugar que o Dr. Hollywood é homossexual: "Para vocês, todo mundo é gay. Deve ser por causa daqueles ternos listradinhos e coloridos que o Dr. Robert usa. Ele não é gay nada! O homem tem até dois filhos", protestou mamãe, que saiu de banda, contrariada com o comentário.

Ah, gente, só mesmo falando bobagem para transitar nesse mundo insano onde cientistas lutam pelo aumento da expectativa de vida do ser humano, mas não conseguem um elixir para acabar com o egoísmo e o desamor, responsáveis pela violência que nos assola. Mas, enfim,

como não vivemos só de más notícias, eles acabam de
anunciar, também, que a paixão pode durar décadas e não
míseros três anos, como os psicanalistas afirmam. Bem,
pensando melhor, não sei se comemoro ou me desespero.

O NÚMERO DOIS

Outro dia levei um susto quando mamãe, jornal em punho, abriu a porta do meu escritório e desabafou: "Esse Jesus é um louco, Elizabeth." Diante da minha cara de espanto, ela foi logo explicando que não estava se referindo ao homem judeu, que segundo os Evangelhos, nasceu em Belém da Judeia e passou a maior parte da sua vida em Nazaré, na Galileia. O criticado em questão era o modelo Jesus, então namorado da Madonna e atual objeto de desaprovação de dona Amélia. "Ora Elizabeth, esse Jesus é um desgarrado, desde que conheceu a louca da Madonna nunca mais procurou a família. Conheço bem esse tipo, só quer se dar bem."

Na defesa das mulheres de meia-idade, e sentindo que mamãe está com medo de que eu, a qualquer momento, cometa um desatino parecido, fui logo justificando o comportamento da pop star com um argumento que não fez muito sucesso. "Ora mãe, a essa altura do campeonato ela deve ser bem resolvida nessas questões: paga para pensar que tem amor, mas no fundo sabe que é um relacionamento passageiro." Minha nora concordou, mas dona Amélia não se deu por vencida: "Essas mulheres que vivem à cata de homem estão perdidas."

Atracado em um pão de ló cheio de corante da Select, daqueles que só podem ser comprados domingo à noite, meu filho interveio: "Imagina se ele se chamasse Judas, vó. Aí que ele ia dar o perdido nela." Lá em casa, encontro de domingo sempre tem discussão. Reclamando dos R$50 que emprestou para a compra do lanche, vovó acusou o neto de não saber fazer compras: "Puxa, você só escolhe porcaria. Esse pão é uma borracha; o rocambole, uma maçaroca, e o biscoito de polvilho fica colado na língua e não sai." E por aí foi.

É claro que, a certa altura, começamos a falar mal da vida dos outros. Gente, existe alguma coisa melhor do que se achar perfeito e ficar criticando todo mundo? Observadora, mamãe atacou novamente: "Se tem uma mania que brasileiro tem é falar mal da vida dos outros. Eu não suporto isso, não falo mal da vida de ninguém", disse ela, toda prosa. Do outro lado da mesa, meu filho argumentou: "Puxa, vó, você é a maior passadora de informação da família."

Insultada, mamãe limitou-se a responder: "Quero que caia um raio aqui no meio da sala se isso for verdade." E continuou, agora se bandeando para o meu lado: "Sua mãe é que não trava a língua, fica falando mal da família no jornal, já disse que a bisavó trabalhou num bordel quando chegou da Itália, que a tia Zuca era tísica, ela não tem pudor." Tentei acalmar os ânimos com um "calma, gente" mas ela continuou: "Você é igual ao seu pai, Elizabeth, todo mundo sabe da sua vida, da minha boca não sai nada."

Decidida a tornar a conversa mais amena, mudei de assunto. E, inspirada num passeio a Itaipava, feito há duas semanas (eu, mamãe, minha manicure Maria Helena e seu Aloísio, um mestre do volante), vaticinei: "Mãe, a partir de hoje, sábado sim, sábado não, vou pedir para o seu Aloísio levar você e a Maria Helena para passar um dia na serra." É claro que levei uma rabanada. "Me tira dessa Elizabeth, vai você, vê lá se eu sou babá de alguém."

Foi nessa hora que meu celular tocou. Era uma amiga contando que a sobrinha, casada há pouco mais de seis meses, pediu a separação do marido por um motivo inacreditável: todos os dias, quando a moça chegava do trabalho, encontrava o rapaz andando de velocípede dentro de casa. Não é ficção não, gente, é a mais pura verdade. Tal revelação deu início a várias histórias de esquisitices alheias. Como a de um arquiteto que só vai ao banheiro fazer o número dois com um ventilador a tiracolo, seja no frio ou no calor. E de uma professora de história que, na hora de fazer o número dois, precisa tirar toda a roupa, inclusive anéis, brincos etc. Minha nora ria sem parar e acabou lembrando da história do marido de uma amiga da faculdade de Psicologia, que, quando chega do trabalho, se tranca no banheiro e fica dançando como um louco mais de meia hora, até relaxar completamente. Tem louco para tudo.

Mamãe, sempre sabedora de histórias escabrosas, contou a história do ex-noivo de uma prima que tinha obsessão por proporção quando o assunto era papel higiênico. O homem fazia questão de que o rolo de papel da suíte do casal tivesse o dobro de folhas do que o do banheiro social. O motivo? Na suíte, duas pessoas usam o mesmo banheiro várias vezes por dia; no social, a visita só faz número um e número dois de vez em quando. Num mundo completamente perdido, a motivação do ex da prima de mamãe faz sentido. E eu, aqui no meu cantinho, fico pensando que não quero nunca me envolver com alguém que parou na fase anal.

OBRA COMPLETA

No último domingo, num almoço delicioso com mamãe e algumas amigas, ouvi um dos comentários mais engraçados dos últimos tempos. Uma delas contava que sua filha detesta uma das irmãs intelectuais, filha do primeiro casamento do marido. E que, quando vê os dois conversando sobre temas cabeludérrimos, como se estivessem trocando uma reles receita de arroz-doce, a jovem tem crises de ódio. Na última delas, observando o pai conversando com a sabichona, olhou para a mãe e desabafou: "Odeio essa gente que já leu a obra completa de tudo." Rimos muito e, a partir daí, criou-se uma questão: "E nós, o que achamos?"

Uma das amigas, é claro que a mãe da moça que odeia a irmã sabichona, é casada com um homem que já leu as obras completas de praticamente tudo. A outra foi poupada. Em termos. Seu marido é um leitor voraz de manuais e é capaz de decifrar com perfeição qualquer manual de aparelhos eletrônicos. E o que é mais incrível, o homem aperfeiçoa cada aparelho, dotando-o de qualidades que o coitado não imaginava que tinha.

E ela jura que tudo funciona na mais perfeita ordem. Cá entre nós, minha amiga contou, toda alegrinha, que o marido conseguiu até transformar uma escova de dente elétrica, que estava mais pra lá do que para cá, em um potente vibrador capaz de levá-la às alturas desafiando os baixos hormônios do finalzinho da segunda idade. Fiquei pasma, e juro, de hoje em diante não conseguirei olhar mais do mesmo jeito para aquele recatado senhor.

Eu, na resignação de minha solteirice atual, pensei que sou uma felizarda em não ter amado ninguém que já leu as obras completas de tudo, ou de quase tudo. Mas tive gente que, quando estava de bom astral, gostava de ver o sol, viajar, comer em bons restaurantes, ver bons filmes, gente que, enfim, usufruía a vida como se ela fosse uma bênção. Tudo bem, confesso, é mentira. Mas não custa imaginar que foi assim, não é? Um dos meus namorados, o mais estranho, vivia se gabando de que dominava todas as técnicas do Kama Sutra, manual do sexo escrito no século IV que ilustra, com desenhos, as técnicas para fazer a mulher chegar ao orgasmo.

Mamãe achava esse namorado meio esquisito, sempre demonstrando, na frente de qualquer um, as posições corretas para a mulher ter orgasmos celestiais. "Esse homem é louco, Elizabeth. Só fala nisso. Tô vendo pelas suas amigas que se um único orgasmo já está difícil, imagina todos esses." E volta e meia, o tal namorado louvava, em tom professoral, as sensações causadas por uma "Visão do Paraíso", que dá ao praticante do amor carnal um ótimo panorama de tudo o que está acontecendo na cama; de uma "Espiral do Prazer", que permite o homem ver a mulher em ação, ou de um "Laço do Amor", jeito perfeito de fazer o pênis atingir o famoso Ponto G.

"Dona Amélia, a senhora já ouviu falar na posição 'A Rainha?'", disse um dia o dito cujo em tom didático. "Não, meu filho. Na minha época não se falava nessas coisas em público", respondeu mamãe, disparando uma piscadela em minha direção. E lá se pôs o tal namorado a explicar para ela que "A Rainha" é o suprassumo em matéria de posição dominadora, porque excita, ao mesmo tempo, a cabeça do pênis, que é supersensível, e a vagina.

Vou confessar: na teoria, o tal namorado era ma-ra-vi-lho-so, mas na prática... É claro que não confessarei aqui, nem sob tortura, a qualidade dos orgasmos que tive com ele. Nem ficaria bem uma coisa dessas num espaço cultural, mas uma coisa é certa: era quase uma propaganda enganosa. Considerando-se que era um almoço de quatro recatadas senhoras, a conversa era, no mínimo, inimaginável.

Até que minha amiga, aquela do marido que leu praticamente a obra completa de quase tudo, olhou para mim estranhamente e disse: "Bety, tenho um namorado perfeito para você. É astrofísico, está separado, é gentil e já leu praticamente a obra completa de quase tudo sobre o universo. Ele é uma gracinha, puro demais." Pensativa, voltei para casa, fui até o som e coloquei para tocar "Desculpe o auê". Fiquei ali, ainda pensativa, ouvindo Rita Lee, e imaginando como seria escutar milhões de vezes, ao lado do tal astrofísico, os versos "Da próxima vez eu me mando/Que se dane meu jeito inseguro/Nosso amor vale tanto/Por você vou roubar/Os anéis de Saturno..."

A esta altura, eu já conseguia imaginar também a cena do tal astrofísico me ensinando tudinho sobre Saturno: na mitologia romana, Saturno é o deus da agricultura/ Se você pudesse colocar Saturno dentro d'água, ele flutuaria/Ele foi visitado pela primeira vez pela Pioneer 11, em 1979/Tem cerca de 75% de hidrogênio e 25% de hélio/Saturno tem um forte campo magnético/Em Saturno terminam os planetas que são visíveis a olho nu...

Eu já ia gritar SOCORROOOOO e sair correndo quando, opa, duas palavras me chamaram a atenção: MAGNÉTICO... NU... De repente, escuto os gritos de mamãe: "Elizabeth, estou falando sério, me tira dessa crônica. É a última vez que estou avisando: você ainda vai ser expulsa do jornal por causa dessas saliências."

Ri horrores. E não tirei, é claro. Vamos ver no que vai dar.

VOVÔ, PAPAI, TITIA

COMER, BERRAR, AMAR

As conversas em torno da mesa sempre foram os momentos mais intensos na história da minha família. Nada desses incômodos silêncios que escondem verdades impublicáveis, raivas veladas, falsas gentilezas. Tudo sempre foi explícito. Era em torno da mesa que se discutiam os temas mais urgentes, fosse de um jeito calmo (o que nem sempre acontecia) ou entre berros, o que invariavelmente assustava um eventual visitante. Tudo era intenso, visceral, o que causava um certo desconforto nas pessoas ditas "normais".

Na minha casa, gritos eram como ponto e vírgula. Talvez por isso, praticamente todos os meus companheiros falavam pouco e baixo. Eu adorava os homens que apenas miavam, os tímidos, os mal colocados, aqueles que tinham dificuldade de expressar os seus próprios sentimentos. Era uma espécie de lei da compensação. Minha família tem, digamos, a síndrome dos Cavaleiros da Távola Redonda, sempre em torno da mesa discutindo os assuntos mais urgentes. Essa pequena corte do Rei

Artur também discute, da mesma forma que os Cavaleiros, assuntos que há muitos anos se perderam na hora das refeições: honestidade, amor pelos familiares, o valor da retidão no comportamento, o respeito aos semelhantes e, admito, a vida dos outros.

Eu me lembro da primeira tentativa de apresentar meu segundo companheiro para a família. Chegamos à casa do meu irmão, e um rolo já estava se formando. Todos falando em voz alta, discutindo alguma coisa que tinha acontecido com uma sobrinha, cenário absolutamente normal na rotina dos Orsini. Para quem estava do lado de fora da casa, parecia uma briga, mas não era. Meu companheiro ficou assustado: "Que briga é essa?" Eu respondi que não era nada, era uma conversa, mas ele não acreditou de jeito nenhum, preferiu voltar quando os ânimos estivessem menos exaltados.

Ainda bem que tenho anos de psicanálise e não busco, como os Cavaleiros, a tal perfeição humana. Sei que ela é um sonho distante, ainda mais nos tempos de hoje, quando não se tem tempo para nada, muito menos para delicadezas. Mesmo assim, continuo gostando de celebrar com a família sucessos e derrotas, mesmo que seja aos berros. Porque o mais importante é o sentimento verdadeiro que nos une, não o tom das palavras que tantas vezes foram ditas docemente e acabaram me ferindo como a lâmina de um punhal.

COISAS QUE GANHAMOS
PELO CAMINHO

A melhor coisa que aprendi com meu pai foi olhar para o próximo. Esquentado como todo bom descendente de italianos, seu Mario tinha a incrível capacidade de renunciar a muitas coisas materiais por achar que alguém precisava mais do que ele, ou seria mais feliz do que nós com aquelas coisas que acumulamos.

Quando eu era menina e ia passar o domingo em Petrópolis, com meus avós, eu já exercitava, inconscientemente, esse dom que, para meu pai, fazia toda a diferença entre os homens e os brutos. Mesmo com a dificuldade financeira daquela época, papai abria a palma da minha mão e colocava um dinheiro sobre ela para eu comprar bala e me divertir nos brinquedos da praça. Mas, num movimento muito parecido com o dele, quando eu chegava à praça já tinha distribuído todo o dinheiro para os mendigos.

Vovô, íntimo dessa minha culpa genética, só para me ver sem graça, perguntava onde estava o dinheiro dado por meu pai, e ria quando eu, fazendo muxoxo, respondia que não tinha mais um tostão. Vovô então me abraçava mais forte, num gesto explícito de carinho e aprovação, punha a mão no bolso do terno para tirar uma bolada de dinheiro, ia até o guichê comprar as entradas e as colocava na minha mão, como uma espécie de recompensa por eu ser uma boa menina. E lá ficava eu, para lá e para cá naquele carrinho bate-bate, feliz da vida, achando aquele o melhor dia do mundo.

Papai sempre foi um presenteador e um homem generoso com os amigos e funcionários que trabalhavam com ele. No fim de cada mês, eu me lembro, ele separava o dinheiro do próprio salário para dar a algumas pessoas do seu escritório que ganhavam pouco e estavam em dificuldades. E me lembro ainda de uma enchente horrível, no início dos anos 60, quando ele hospedou em nossa casa duas famílias conhecidas de uma comunidade próxima, cujas casas foram destruídas pelas chuvas.

As famílias ficaram lá em casa pelo menos um mês, tempo suficiente para eu me apaixonar por um dos visitantes, um belo rapaz de cabelos negros, com um par de tristonhos olhos verdes e o dobro da minha idade. Nossa cozinha era igual à de uma fábrica. Se fecho os olhos ainda enxergo aquelas panelas enormes cheias de arroz, feijão, ensopadinho de batata e carne moída, e mamãe no lesco-lesco direto no bico do fogão. A chuva passou, os hóspedes continuaram lá em casa, e, não fosse mamãe lembrar que tinha chegado a hora de todos voltarem às suas casas, acho que estaríamos até hoje vivendo ali felizes para sempre.

Em suas horas de folga, meu pai era técnico de futebol do clube Flamenguinho, em Jurujuba. Organizava viagens de ônibus para o time jogar em outras cidades, e lá íamos nós, integrando a equipe que, para ele, já tinha a vitória garantida antes de entrar em campo. E como eu adorava acompanhar meu pai naqueles passeios em Jurujuba, ficar conversando com os pescadores e conhecer o dia a dia de famílias tão diferentes da nossa. Achava fascinante aquele entra e sai na casa de um, na casa de outro; e uma aventura provar a mariscada com aquelas colheronas dentro de um panelão escaldante, fincado na areia sobre um monte de tijolos, formando uma fogueira improvisada. E amava, mas amava mesmo, ouvir aquelas histórias fantásticas de pescaria, principalmente as do seu Moisés, nosso vizinho e o melhor contador de histórias do mar que eu já conheci.

À noite, quando chegava do trabalho, meu pai sentava-se à mesa de jantar e conversava sobre a vida da "garotada" do escritório. Eu conhecia a história de todos eles e acho que foi naquela época que, por meio de meu pai, ouvi falar pela primeira vez dessa tal felicidade que podemos sentir sem possuir absolutamente nada nesta vida.

Certo dia, cheguei em casa com uma bolsa cheia de bijuterias que tinham sido repartidas entre algumas repórteres de um jornal em que trabalhei e, toda feliz, comecei a mostrar para mamãe. Naquela época, os donos de loja enviavam material para os editoriais de moda e tinham um prazo de até seis meses para pegar tudo de volta. Caso não pegassem, os objetos que ficavam guardados no "quartinho da produção" eram distribuídos pela editora para desentulhar o lugar.

Lembro como se fosse hoje do olhar estranho de meu pai enquanto eu mostrava aquele universo de couros, fitas e pedras para mamãe. E, se fecho os olhos, ainda posso escutar sua voz dizendo: "Ah, minha filha, para você, isso amanhã não vai ser nada. Você não tem ideia de como as moças lá do escritório ficariam felizes o ano inteiro se ganhassem essas coisas." Papai afirmou isso de um jeito tão convincente que praticamente enfiei tudo de volta na bolsa e dei para ele presentear suas amigas. No dia seguinte, quando chegou em casa, ele se sentou na varanda e descreveu, minuciosamente, a imensa alegria de cada uma delas diante dos tais presentes.

O guarda-roupa de meu pai também era vigiado regularmente por minha mãe. Se ela bobeasse, um dia ele acordava e não teria um mísero agasalho, porque distribuía todos os seus. Lembro de uma época em que todos nós caímos de amores por um doente psiquiátrico do Hospital de Jurujuba, que costumava vir andando a pé de lá até nossa casa e ficar sentado ao lado do portão. Seu apelido era Bip porque ele ficava bipando o dia inteiro como a sirene de um trem melancólico: "bip bip", "bip bip"... Bip tinha um olhar terno e, quando chegava, por volta das 6 horas da manhã, bipando a vida, nossa casa virava uma festa. Eu e papai ficávamos horas conversando com ele no portão, apesar de todas as respostas do Bip serem, invariavelmente, um sorriso indecifrável seguido de alguns outros bips. Não sei o motivo, mas me sentia feliz e segura dentro daquelas respostas sempre tão previsíveis do Bip. Quando esfriava, papai ia dando cobertores, seus suéteres e suas meias para ele, que ia embora agasalhado e voltava pelado alguns dias depois. E assim se formava o círculo vicioso do "dá, perde e dá novamente", que acabou com as roupas de frio de meu pai.

Devo a seu Mario esse jeito de olhar para o mundo que reafirma para mim, o tempo todo, a mediocridade de vidas cujo maior objetivo é acumular bens e, a reboque, solidão e infelicidade. Continuo achando que, quanto menos precisamos de coisas materiais, mais nos aproximamos da liberdade de ser uma pessoa que vale a pena. Mamãe diz que herdei de meu pai essa péssima relação com o dinheiro, mas, para mim, o dinheiro sempre foi – e sempre será – o grande vilão das relações humanas. Embora, como mamãe afirme sabiamente, ninguém possa viver sem ele. Mas, até hoje, acho melhor ver um sorriso no rosto de alguém que precisa realmente de alguma coisa do que ter uma joia, um carrão ou uma roupa grifada.

É pena que o mundo continue caminhando na contramão dessa crença, porque tenho certeza de que todos esses horrores que lemos diariamente nos jornais são resultado desse pensamento medíocre. Ainda não consegui convencer mamãe. Tanto que, quando foi colocar suas pontes de safena, ela, preocupada, pediu a meu irmão que cuidasse de mim. Dizia que tinha medo de que eu acabasse como meu pai, "sem nada". Tenho certeza de que mamãe está enganada, mas não consegui convencê-la até agora de que papai não acabou "sem nada", como ela pensa. Ele acabou com o essencial. E por causa disso tenho certeza de que a vida dele valeu a pena.

NÃO ADIANTA NEM TENTAR

A dolescente, eu morria de medo quando meu pai, veladamente, fazia ameaças sempre que eu chegava de alguma festa: "Não adianta me esconder nada, sei de tudo o que você e seu irmão andam fazendo por aí." A frase, que me deixava totalmente insegura, dotava meu pai de poderes espetaculares, o principal deles, adivinhar a vida das pessoas sem que elas tivessem a menor ideia de que estavam sendo espionadas.

Quando beijei pela primeira vez, lembro bem que me senti nua ao chegar em casa e procurei refúgio nos braços de mamãe. Só conseguia imaginar o olhar poderoso de meu pai, condenando as carícias do meu namorado, detalhe por detalhe, e reprovando o meu amor. Naquela época, passei semanas entrando e saindo de casa olhando para o chão, quase como uma criminosa pega em flagrante por aquele pai onipresente.

Por causa disso, acreditem se quiser, só consegui fazer sexo depois do casamento. Não suportaria a dor de ser condenada pelo olhar demolidor de meu pai. Não sei se para me defender de possíveis ataques, ou se para ser igual a ele, a partir dessa época comecei a desenvolver a capacidade de vasculhar a alma das pessoas. Não me contentava apenas em prestar atenção na maneira como elas me olhavam, ou ouvir o que elas tinham a dizer. No fundo de mim, eu temia que elas, como meu pai, tivessem muito mais informações sobre a minha pessoa do que eu ou o meu olhar pudessem captar.

Admito que não é muito agradável esse exercício de vasculhar almas. É cansativo e algumas vezes erramos feio. Mas, de modo geral, funciona. E também acho que os adeptos da prática correm menos risco de serem enganados do que a maioria das pessoas. Por causa disso, algumas vezes fui tachada de implicante injustamente, porque olhei alguém e, sem mais nem menos, concluí que esse alguém era do mal ou do bem. No início tentei lutar contra isso, ser mais benevolente com aqueles que, logo de cara, eu não gostava de jeito nenhum. Mas aprendi, na prática, que eu geralmente acertava. E, com o passar dos anos, descobri que meu índice de acerto gira em torno de 90 por cento. Enfim, sou praticamente uma vidente.

Depois, então, que fiz meu mapa astral, fiquei convencida definitivamente dessa minha capacidade, digamos, quase mediúnica, que mamãe insiste em desmerecer com um reles "Não acredito nessas coisas, você é implicante como seu pai". Segundo Monica, determinadas conjunções me dotam de uma capacidade de sentir o que o outro sente, saber o que o outro pensa. Por conta disso, meus amigos costumam me pedir conselhos quando estão com algum problema ou precisam resolver alguma coisa. E não adianta eu insistir com um "gente, não sei de nada, isso é maluquice", porque eles não desistem até eu dar uma resposta.

Enfim, a pedidos, essa minha profissão paralela de leitora de almas continua sua melancólica e ascendente trajetória. Só não acerto quando o assunto é homem. Não adianta nem tentar porque os homens andam mais oblíquos e dissimulados do que Capitu. Talvez porque a maioria não curta esses faniquitos de alma. Eles preferem mesmo a carne, que é fraca mas dá o maior barato.

·

O CHARME DO TIO ARY

O primeiro contato que tive com a palavra charme foi através do tio Ary, um homem alto, cabelos negros azulados, que invariavelmente chegava para o lanche da tarde na casa dos meus avós usando terno branco, chapéu-panamá e os sapatos mais bem engraxados que já vi.

Não lembro bem, mas mamãe dizia que quando o café era servido eu, rapidamente, dava um jeito de me sentar ao lado dele, um homem falante, cheio de "esses" e "erres", que, segundo mamãe, tinha uma dúzia de amantes nas costas e pertencia a uma religião esquisita da qual ninguém tinha ouvido falar. Eu ficava tão assanhada com a presença dele que por duas vezes derrubei café com leite no seu impecável terno branco. Imagino que o tio Ary tenha sido o primeiro amor da minha vida, amor de criança, desses que são pura fantasia e não enxergam defeito. Amor imune àquelas conversinhas de minhas tias, que viviam atrás das portas contando historinhas indecentes sobre o tio Ary, historinhas que crianças comportadas como eu não podiam escutar.

Lembrei do Tio Ary, que estava lá enterrado no meu passado, depois que recebi o livro *O poder do charme*, que pretende ensinar pessoas a se tornarem interessantes e irresistíveis. É claro que os autores são americanos, um deles, Brian Tracy, é um dos treinadores pessoais mais bem-sucedidos do mundo; o outro, Ron Arden, já foi ator e diretor de cinema e agora trabalha como treinador de oradores profissionais. Folheando as páginas do livro, eu me detive em algumas observações da dupla para, digamos, incrementar o charme: olhar nos olhos, falar na velocidade e no tom adequados, assentir com a cabeça, sorrir, elogiar e, principalmente, saber ouvir. Os autores garantem que dar atenção ao outro é o comportamento mais poderoso para desenvolver a autoestima e deixar fluir um, digamos, charme instantâneo.

Fiquei imaginando um bando de pessoas desagradáveis praticando todos esses exercícios e quase tive uma síncope diante da possibilidade de o mundo ser invadido por esses tipos previsíveis e, cá entre nós, despidos de charme. E imediatamente reconheci dezenas de pessoas públicas que lançam mão desses artifícios e não conseguem ter charme algum. Ao contrário, gente que fica chata, melosa, artificial, totalmente diferente do meu tio Ary, que, é claro, nunca leu um livro no gênero.

Tio Ary nasceu assim, viveu assim e morreu assim. Nasceu com charme e pronto. Ele se interessava pelo mundo e olhava para as pessoas que estavam a sua volta. Ao contrário daqueles que se empanturram de livros desse gênero, perdem a espontaneidade e transformam-se em chatos de galocha. A espontaneidade era, sem dúvida, o grande charme do tio Ary. Nele, tudo era espontâneo, natural, até o "não tem problema" que ele dizia, enquanto passava a mão carinhosamente na minha cabeça, quando via o terno branco empapado de café com leite.

A FILHA SECA

Não sou muito chegada a demonstrações afetivas. Aqui no jornal já fiquei conhecida como aquela que tem vergonha de cantar parabéns na lanchonete. Palavra de gordinha: vocês nunca vão me ver por lá. Pode parecer antipatia, mas não é. Não saberia dizer o motivo da esquisitice, mas a verdade é que essas efusões sociais afetivas me deixam totalmente sem graça, como se eu estivesse no lugar errado, no dia errado, na hora errada e, pior, na situação errada.

Quando eu era adolescente, papai gostava de implicar comigo me beijando e me abraçando em público. E, quando eu tentava me desvencilhar dos seus braços, ele debochava da minha falta de jeito na frente de todo mundo, e eu ficava vermelha como pimentão. A partir daí passei a ser chamada em família de "a filha seca" e tentava, a todo custo, arrumar um jeito de demonstrar o meu afeto por outras vias que não fossem abraços e beijos. E assim desenvolvi o hábito de expressar meu carinho pelas pessoas de que eu gosto por meio de presentes. Alguns eu escolho cuidadosamente, tentando tocar esses meus afetos com delicadeza. Outros são objetos valiosos para mim, peças que contam a história da minha família, o que, invariavelmente, causa estranheza em quem recebe: "Mas isso não era do seu avô? Da sua avó? Você não gosta?" E eu sempre respondo: "É claro que gosto, é claro que é difícil me desfazer, mas é fácil demais dar coisas pelas quais não tenho apego, isso não teria valor algum."

Assim, passo a vida deixando pedacinhos de mim em casas alheias. Como a licoreira em forma de um robusto fradinho, com seis minicopos iguais, que dei para o meu irmão numa época em que ele andava precisando de carinho. Herdei a louça da minha tia Alda, que, conhecedora da minha paixão pelos bibelôs de porcelana finíssima, me deu de presente depois da morte do marido, meu tio Beto.

Um tempo depois, dei também para o meu irmão um casal de bonecos de biscuit tentando, possivelmente, fazer algum contato afetivo. A primeira pulseira que ganhei na vida, um fio de ouro com pequenas pérolas brancas, dei para minha amiga Bebel; a pedra verde e a japonesinha de porcelana para a Pat; a bolsa de cromo vermelha da dindinha para a Regina; o xale de renda francesa para o Titi.

Recentemente, quando dei a minha mesa mais bonita para minha analista – ela era grande demais para a minha sala –, ouvi de um amigo antiquário: "Pelo amor de Deus, você sabia que essa mesa era a coisa mais valiosa da sua sala, que você conseguiria um ótimo dinheiro por ela?!". E eu respondi: "Sabia. E dei por isso mesmo, quero que ela fique com alguém de que eu goste."

E assim, enquanto esses objetos vão ocupando outras casas com suas boas energias, vou me sentindo fortalecida nos meus afetos e presente na minha ausência costumeira.

Tudo bem, agora ando mais cautelosa, não ofereço mais meus objetos especiais num ímpeto enlouquecido como costumava fazer antigamente. Só ofereço depois de sentir o que aquela pessoa representa na minha vida, perceber nela algo de bom. E se eu errar o destinatário? Bem, se eu errar, não importa. Já aprendi a aceitar meus erros. Na pior das hipóteses, quem recebeu os presentes que ofereci de peito aberto estará rodeado de boas vibrações que, um dia, retornarão para mim de alguma forma.

O AVÔ DA PEDRA VERDE

Quando vovô Gomes chegou de Portugal, trazia no dedo mindinho um anel enorme, com uma pedra verde, que usou durante a maior parte da vida. Ele dizia que dava sorte. Quando os netos cresceram, achavam engraçado um senhor branco cor de leite usando aquele anel enorme, sustentado por uma grossa garra de ouro. Foi de repente que a joia sumiu da minha vida, acho que vovó Rosa guardou depois que vovô ficou doente e foi definhando aos poucos.

Anos depois de sua morte, vasculhando as coisas de mamãe, reencontrei o anel dentro de um pote de vidro, com tampa dourada, que originalmente guardava brilhantina da Yardley. Volta e meia eu pegava o anel e ele me sussurrava histórias da minha infância, como as excentricidades de vovô, uma delas guardar queijo do reino debaixo da cama para que ele não corresse o risco de ser devorado por um neto guloso.

"Larga o anel do seu avô, Elizabeth, você vai arranhar a pedra", gritava mamãe, sempre que me via com a cara enfiada no potinho da Yardley fuçando a joia. No meu aniversário de 18 anos, dona Amélia chegou perto de mim com uma caixinha na mão, me abraçou e, quando abri o presente, lá estava o anel da pedra verde se oferecendo para mim, todo exibido. Acho que ele veio parar em minhas mãos porque, naquela época, talvez eu precisasse de mais sorte do que os outros netos da família.

Anos depois, mostrei a peça para dois joalheiros, mas ninguém sabia o nome daquela pedra tão bonita nem porque ela emanava tanto brilho. Bom, se vinha da família do meu avô, só poderia mesmo ser arauta de boas energias. E, assim, não procurei mais saber o seu valor nem a sua procedência. O afeto que ela guardava era suficiente. Até que um belo dia decidi transformar o anel num pingente e, serviço feito, ele chamava atenção em todos os lugares onde eu aparecia. Tenho certeza de que muito mais pela energia que emanava do que pelo valor que pudesse ter.

O tempo passou, ele voltou para a caixinha de joias e, anos depois, diante da depressão de uma amiga, ofereci a joia de presente no seu aniversário. Naquele momento, minha amiga estava precisando de mais sorte do que eu. A princípio, ela recusou: "Bety, que linda, não posso aceitar de jeito algum." Insisti para que aceitasse, e percebi que a pedra estava me ensinando mais uma coisa: que os atos de generosidade e desapego retornam para nós de uma forma não palpável, mas capazes de encher nossos corações de alegria. Como me fazia bem ver minha amiga, em seus momentos mais difíceis, tocar a pedra verde e achar que o mundo se iluminava.

Foi a partir daí que os objetos começaram a falar na minha casa. Como o colar de pérolas cultivadas que herdei da dindinha, comprado por meu avô em suaves prestações na H. Stern. Se abro a caixinha, hoje, para pegá-lo, ainda ouço a voz de dindinha dizendo: "Minha filha, seu avô tocou em muitas matinês para pagar esse colar. Olha como as pérolas são diferentes umas das outras, essas são as mais caras." Imediatamente fecho os olhos e vejo vovô andando pela vila com sua viola debaixo do braço, a caminho de um dos tantos concertos e cujos cachês tinham destino certo: pagar a joia da dindinha e demonstrar o grande amor que ele tinha por ela.

Foi dindinha quem me deu também o camafeu italiano, que pertenceu a sua bisavó. Ela gostava de me ver sentada na penteadeira anos 50, toda prosa, colocando a joia no pescoço. Quando completei 21 anos, ela me deu o camafeu de presente. E hoje, quando olho para ele, consigo vê-la levantando a joia bem lá no alto, colocando-a em direção a luz e dizendo: "Está vendo como o camafeu fica transparente? Esses são os mais valiosos."

E assim, acarinhada por essas preciosidades, segui pela vida achando que eu era mesmo uma garota sortuda por ter sido escolhida para receber presentes tão tagarelas. Ultimamente, tenho andado pela casa observando esses objetos e pensando para quem os deixarei. Não quero deixá-los ao deus-dará, não quero que sobrevivam a mim, muito menos que sejam dados para alguém incapaz de ouvir o que eles contam. Quero que suas histórias varem gerações falando de amor.

Continuo andando pela casa e me deparo com a caixinha *art nouveau* de prata da vovó, com volutas na tampa, forrada por mamãe com um pano azul-cheguei; a floreira de cristal que ficava em cima do bufê japonês na sala de nossa casa; o cinzeiro verde de murano; o saleiro antigo em forma de peixe fazendo biquinho; o palhaço de corda, presente do Pedro, que traz de volta o meu amor sempre que coloco a música para tocar; as compoteiras anos 50, lindas, lindas, que, dependendo da ocasião, guardavam compotas e balas Toffee; a caixinha da avó de minha amiga Vivian, com camafeu na tampa, com que ela me presenteou num de meus aniversários.

A delicada boneca japonesa de porcelana, com a mãozinha boba presa numa corrente dourada pertenceu a minha tia Alaíde, uma mulher que se apaixonava loucamente. Quando ela queria muito uma coisa ou alguém, escrevia o pedido num papelzinho, puxava a mãozinha para fora, enfiava o papel com o pedido dentro da boneca pela abertura do punho, e só colocava a mãozinha de volta quando o pedido fosse atendido.

E assim, convivendo com esses objetos e suas histórias, eu me dou conta de que a imortalidade não é um desejo impossível de ser atendido. Basta que sejamos capazes de atos generosos, como doar nossos objetos que falam às pessoas que amamos. Assim, seremos sempre imortais no pensamento delas.

O PECADO MORA AO LADO

Esta semana reli um texto de Augusto Frederico Schmidt. Chama-se "A desconhecida no bonde" e fala sobre o dia em que o poeta está em frente ao relógio da Glória, vê passar um bonde e reconhece sua avó no banco da frente com "chaspelinho" na cabeça, corrente de ouro no pescoço prendendo o lorgnon caindo sobre a indefectível roupa preta que ela costumava usar.

O poeta, que nunca tinha encontrado a avó na rua, como se encontram os estranhos todos os dias, pôs-se a observá-la e conta ter sentido uma sensação estranha. Achou esquisito ficar olhando, de longe, uma pessoa de sua intimidade como se fosse alguém sem a menor ligação com ele. Ele conta que ficou contemplando a avó no bonde, com um semblante preocupado, completamente diferente daquela senhora que ele conhecia, jeito infantil, otimista, amante dos animais, militante pela união na família e sempre evitando as tristezas da vida.

Naquele momento o poeta diz ter percebido que a avó do bonde era praticamente uma desconhecida e não tinha nada a ver com aquela figura deliciosamente familiar. E então compreendeu que em cada um de nós habita um "ponto de silêncio que não podemos penetrar mais, por maior e mais longo que seja o nosso convívio".

Eu estava lendo esse texto maravilhoso quando voltei até a minha infância na casa dos meus avós maternos, no Maracanã, onde vivi num quarto da casa com meus pais durante alguns anos. Embaixo moravam vovô Gomes, vovó Rosa e o vira-lata Tejo. Uma escada de pedra levava ao segundo andar, onde ficavam vários quartos habitados por filhas e genros à espera de um futuro melhor.

Menina, um dos meus maiores prazeres era ficar sentada nessa escada, observando o movimento dos bondes através da grade cinza que separava a casa da calçada. Bondes que vinham do Centro para o Méier, Cascadura, Piedade... Mas eu gostava mesmo era do Vila Isabel, o único com dois vagões.

Pela boca de mamãe conheci outros que o tempo me roubou. Como o Bagageiro, que circulava levando cestos e todo tipo de quinquilharia. E o Taioba. O mais barato deles, que mamãe detestava porque era "frequentado por pessoas esquisitas". "Esquisitas como, mãe?" Da sala, ela respondeu num tom mais alto: "Ah, Elizabeth, era um bonde cheio de gente fuleira." Não critiquei a postura de dona Amélia, ela tem lá suas esquisitices, às vezes fala sem pensar, mas é uma pessoa maravilhosa. Ela se lembrou de uma vez que vovô caiu do bonde, cortou os lábios e quebrou dois dentes. Apesar dos alertas de minha avó, ele tinha mania de andar no estribo. "Tenho certeza de que foi no Taioba, desgraça só acontece mesmo com gente pobre", arriscou mamãe.

Sorrindo, ela contou que quando era noiva de meu pai encontrou seu Mario todo pimpão de braços dados com uma mulher bonita, de lábios bem vermelhos. Estavam sentados no banco de um bonde, forrado de pano aveludado. "Naquela época não existiam esses plásticos de segunda, Elizabeth." Ela e meu pai quase terminaram o noivado por causa da tal mulher, compromisso reatado quando ele contou para mamãe que a mulher bonita era minha bisavó Olympia, famosa na família por fazer seu próprio batom com papel crepom vermelho.

Fora os meus primos, que moravam em Porto Murtinho, no Mato Grosso do Sul. A primeira coisa que eles faziam, quando chegavam ao Rio para o Carnaval, era dar uma volta de bonde. Ficavam todos com o diabo no corpo, um alvoroço que só passava quando embarcavam e ficavam olhando as baianas encarapitadas no estribo do bonde para não amassar as saias rodadas. Era no Carnaval ainda que os carnavalescos arrancavam os respectivos bonés quando os vagões emparelhavam. E não tinha estação certa para os namorados se abraçarem e se beijarem longe dos olhares dos pais.

Volto ao texto de Schmidt e fico pensando quais facetas desses passageiros familiares se perderam ao longo da minha vida e percebo que deles conheci tão pouco. Mas o suficiente para amá-los eternamente.

Meu avô, aos 18 anos, enfurnou-se num navio cargueiro e deixou a família em Portugal, para onde nunca mais voltou. Velhinho, escondia o queijo do reino debaixo da cama. Minha bisavó italiana foi deportada para o Brasil aos 13 anos, quando descobriram que ela estava grávida do marido da irmã mais velha. Sem falar uma palavra de português, Olympia foi trabalhar num bordel de luxo, onde conheceu meu bisavô Francisco, na época um próspero exportador de laranjas. Casaram-se e foram felizes para sempre.

Seis meses depois da morte dele, minha bisavó achou que a vida não valia mais a pena e também partiu. Era praticamente isso o que eu sabia desses passageiros familiares que se foram, guardando os seus segredos mais íntimos, como a avó de Schmidt. Mas, se olho o céu, ainda consigo enxergá-los no rabo das estrelas mais brilhantes, contando as suas histórias mais comoventes, aquelas que criamos a partir dos nossos tolerantes laços de sangue. Nunca, em hipótese alguma, volto o meu coração para os segredos que os tornam humanos e pecadores, e os afastam de mim para sempre.

NÃO ABRA A PORTA

Costumo dizer que se existe uma coisa que não questiono nunca é o fato de fazer terapia há 30 anos e, mesmo assim, não me dar por satisfeita. Sempre há algum jeito diferente de olhar para uma velha situação, quem sabe até uma ponte nova e perigosa que precisamos atravessar; um voo em queda livre que precisamos arriscar. Com uma mão segura nos conduzindo, tudo fica mais fácil.

Há algumas semanas ando dizendo para a minha analista que estou obcecada pela ideia de visitar a casa da vila onde moravam meus avós e onde passei parte da minha infância. Uma vila de pedras portuguesas do início do século, que hoje só vejo por meio das imagens fugidias que habitam meus sonhos e dos aromas que ficarão para sempre associados aos afetos da minha infância.

Se fecho os olhos, ainda sinto o cheiro ácido do tomate da macarronada do vovô, do pão doce que o padeiro entregava todas as tardes no cesto de palha, da aletria branca polvilhada de canela. "Tenho que voltar lá de qualquer maneira, abrir a porta e entrar, nem que seja pela última vez", insisti com minha analista. Hedi me perguntou que sentimentos eu vivi ali e enumerei-os pela enésima vez: acolhimento, amor incondicional, proteção, coragem, alegria, fidelidade, segurança e, principalmente, esperança. Foi então que ela questionou o que eu esperava encontrar hoje quando abrisse aquela porta. Fiquei embargada e passei a enumerar as reais possibilidades de um encontro como este: acolhimento, indiferença, gentileza, grosseria, e certamente uma infinita tristeza por tudo que se foi. Saí da sessão emocionada, mas ainda com a ideia fixa de cruzar aquela porta.

Chegando em casa, me tranquei no quarto e aquele tempo foi surgindo em flashes nublados, mas de uma maneira tão intensa que pude sentir a sua força: vi a minha mão de criança abrindo a porta de madeira áspera, com pequenas venezianas, para a qual eu corria sempre que mamãe tocava a campainha para me buscar. A casa tinha duas salas e dois quartos. Num deles ficavam o armário e a cama de solteiro Chippandale e o porta-partitura de ferro, eternamente armado ali para os ensaios diários de vovô no violino. Me vi sentada naquele sofá Drago vermelho enorme, com braços maciços de madeira, praticamente hipnotizada pela elegância de seu Cravinho Orsini.

Vovô era um autodidata, não era formado em nada, mas lia compulsivamente, amava música clássica e gostava de se sentar ao meu lado e recitar versos do modernista Menotti del Picchia. "As casas fecham as pálpebras das janelas e dormem./Todos os rumores são postos em surdina, todas as luzes se apagam./Há um grande aparato de câmara funerária/na paisagem do mundo." Lembro que quando ele recitava esses versos em tom solene, me olhando nos olhos, eu sentia medo. Só mais tarde pude compreender que eles eram um ensaio de tudo o que estava por vir, quando, anos depois, eu ficava debruçada na mesa de jantar olhando vovô deitado na cama Drago-Flex, a respiração ofegante por causa do enfisema, colocando e tirando a máscara de oxigênio que o mantinha vivo. Nessas horas, só eu ouvia o verso de del Picchia preferido de vovô: "Anoiteceu. Juca Mulato cisma..."

Volto a casa e vejo a mesinha pé palito, as poltronas, a arca e a mesa de jantar de jacarandá que hoje laqueei de verde e coloquei na minha sala. No quarto de meus avós, posso ainda sentir o cheiro do lustra-móvel na penteadeira de vidro bisotado, com três espelhos móveis, que dava para avaliar os cabelos por todos os ângulos, e as gavetas coalhadas de bijuterias de dindinha, que eu tirava e colocava várias vezes por dia. Fui até o banheiro e lá estava a banheira branca cheia de água morna. Sentei no chão como costumava fazer, enfiei a mão até o fundo dela e movi os braços dentro da água, de um lado para o outro, repetindo um ritual de infância. A cozinha ainda tinha aquele móvel antigo com tampo de mármore, e o tanque, que ficava no quintal, estava ali, para lavar meus pés sujos de criança no final do dia.

Hoje tenho certeza de que foi ali, naquela casa pobre, que aprendi que os afetos verdadeiros são revolucionários. Não tínhamos dinheiro nenhum, mas tínhamos tantas histórias, tanta esperança na vida e tanta certeza do amor que existia entre nós. Tudo embalado pelos sons de seda do arco do violino do meu avô.

Era ali, nos meus momentos de dor, que eu fazia perguntas que me inquietavam e, já mocinha, escutava as respostas que acalmavam o meu coração: "Dindinha, você me acha bonita?" E ela respondia, olhando para mim e me abraçando forte com todo o seu amor. "Você é linda, minha filha, tem o sorriso mais bonito do mundo." Minha analista tinha razão quando aconselhou que eu não abra a porta e guarde esses momentos na memória. Porque somente o sentimento preservado pode resgatar tudo o que o tempo levou.

AMOR COM MOLHO DE TOMATE

Infeliz de quem não tem um cheiro da infância para lembrar. Ainda sinto, como se fosse hoje, o cheiro dos pingos de chuva caindo sobre as pedras portuguesas da vila de Niterói onde meu avô morava e o perfume do molho de macarrão preparado por ele inundando as casas e despertando o apetite da vizinhança.

Não sei por que só me lembro dos cheiros da casa de meu avô paterno, seu Cravinho. Da minha própria casa e da dos meus avós maternos, nenhuma lembrança passa pelas minhas narinas. Talvez porque houvesse um ritual amoroso em torno de tudo que vovô e sua segunda mulher, que se tornou a minha insubstituível dindinha, faziam. Vovô Cravinho, que era *spalla* do Municipal, reservava os domingos, quando não tinha matinê no teatro, para preparar o molho mais perfumado que já provei.

O ritual começava por volta das sete horas da manhã, com aquele bando de tomates rebolando nas duas panelas que, de tão bem areadas, refletiam a minha imagem.

Depois que eles ferviam, dindinha retirava suas peles cuidadosamente com um garfo e, em seguida, passava todos eles, já esborrachados de tanto calor, na peneira.

Quando fiquei mais crescidinha, dindinha deixava que eu participasse desse ritual, pelando alguns tomates com a ponta do garfo. Lembro como se fosse hoje do medo que eu tinha de me queimar naquele fruto vermelho e quente e do orgulho que sentia imaginando como meus avós confiavam em mim para um trabalho tão importante. Na outra panela, um refogado bem miudinho, que levava alho, cebola e fumeiro, dourava com um pedaço de músculo que vovô escolhia tendo o mesmo cuidado com que tirava sons delicados de seu violino.

No quintal, dindinha Zulmira sovava a massa, depois a transformava numa bola perfeita, que ia salpicando com farinha. De pé, ao lado dela, eu apreciava a força de suas mãos deslizando o rolo sobre aquela bola sem jeito, até torná-la uma massa lisa e uniforme. A operação era feita sobre o tampo de mármore de um móvel de família, colocado estrategicamente na cozinha para essas estripulias culinárias e que era coberto com uma toalha impecavelmente branca. Em seguida, dindinha passava o cortador sobre a massa, fazendo tiras uniformes.

Percebendo a minha excitação, ela pegava o cortador, posicionava-o corretamente em meus dedinhos de criança e, com sua mão conduzindo o corte por cima da minha, fazia com que eu também criasse tiras perfeitas. Em seguida, eu esticava os braços firmes para frente, e ela deitava as tiras sobre eles. Então, eu as levava, quase imóvel, temendo um tropeção, até a tábua de passar, onde elas ficavam secando ao sol, e de onde só eram retiradas quando estivessem completamente secas e firmes.

Até hoje meus olhos se enchem de lágrimas ao me lembrar daquele cheiro e daquela imagem que me conduzem novamente aos braços amorosos de vovô e dindinha. E imediatamente me vem à cabeça Helen Keller, que achava ser o olfato um mágico poderoso que nos transporta, percorrendo a distância de milhas e de todos os anos que vivemos.

Hoje, no entardecer da minha vida, sou capaz de sentir o cheiro do amor de meus avós e, se fecho os olhos, volto a ser a menina carregando, orgulhosa, aquelas preciosas tiras de macarrão. Porque os sentidos são capazes de trazer de volta, mesmo que por alguns instantes, os sentimentos que um dia nos fizeram felizes, afastando, assim, a dor e a solidão. Como o cheiro da minha infância, quente e vermelho tal qual o amor dos meus avós.

VOLTO JÁ

Foi inevitável abrir O *vinho da juventude*, de John Fante, e voltar ao passado. Confesso que relutei em mergulhar novamente nessas águas da saudade, principalmente depois que meu primo Carlos Alberto, lá de Corumbá, disse que anda preocupado comigo. Cardiologista, temente aos males do coração, Carlinhos acha que não faz muito bem tratar o passado com tanta proximidade e, eventualmente, com tantas lágrimas.

Em "Um sequestro na família", conto de abertura do livro, Fante descreve um velho baú, de tampa redonda, guardado a sete chaves no quarto da personagem Maria Scarpi. Volta e meia, o filho de Maria roubava a chave e penetrava num mundo familiar fascinante, desconhecido por ele completamente.

Foi a partir desse conto que voltei ao quarto de dindinha Zulmira, numa vila da Zona Norte carioca, onde eu gostava de passar horas inspecionando a penteadeira Chippendale. Se fecho os olhos, ainda posso sentir a sensação do poder que me foi outorgado pela segunda mulher do meu avô Cravinho, minha madrinha e avó postiça, quando ela me viu, pela primeira vez, rodeando a tal penteadeira. "Minha filha, se quiser, pode sentar no banquinho e mexer nas gavetas."

E durante anos, quando me sentava naquele banquinho mágico, forrado de um tecido brocado verde-musgo, arrematado com uma fita cor de ouro velho, eu me sentia uma garota privilegiada. Era um ritual que começava com a inspeção dos meus cabelos, naquela época longos e negros como os de Cleópatra. Como a penteadeira tinha três espelhos articulados de vidro bisotê, dava para ver o cabelo de vários ângulos. Com o visual aprovado, eu abria as gavetas, uma por uma, e ia observando cuidadosamente cada joia. Muitas eram bijuterias, como os colares de murano e os feitos com delicados cones de papel de revista; os broches, enormes em formato de estrela, outros com pedras coloridas, e dezenas de brincos de pressão que eu colocava na orelha, vagarosamente, sempre imaginando como a minha vida mudaria quando eu crescesse e pudesse desfilar com aquelas preciosidades.

No final desse exercício de sonho e fantasia, eu abria a caixa da H. Stern e tirava de lá o colar de pérolas, que dindinha ganhou de presente de meu avô e colocava no pescoço com todo o cuidado. Logo em seguida, eu pegava os brincos de outra caixinha, e ia atarraxando a rosca de segurança bem devagar. "Quando você fizer 18 anos eles serão seus", dizia dindinha, que cumpriu sua promessa.

Essa página não seria nada para descrever tantas lembranças. Lembro quando subíamos a ladeira da rua Lins de Vasconcelos, eu de pipa na mão, e os meninos caçoavam de mim dizendo que a rabiola estava errada e a pipa não ia subir. Tamanha era minha crença nos poderes da minha madrinha que a resposta vinha rápida: "Vai subir sim, foi a dindinha que fez." Malfeita ou não, a pipa subia, subia, e eu, com meus bracinhos de menina, ficava driblando, completamente fascinada, aquela força que vinha do céu. Duvido que alguém tenha tido uma madrinha mais amorosa do que a minha.

No dia seguinte à sua morte, estive no apartamento dela para esvaziar as gavetas. Sentei no chão e fui separando papéis e objetos até que encontrei vários envelopes subscritos com a sua letra: "Festa de um ano de Betinha", "Quinze anos de Betinha", "Formatura de Betinha", e tantos outros envelopes que comemoravam os meus sucessos e ignoravam os meus fracassos. Não resisti e caí em prantos. Nesse momento, abri outro envelope e dele caiu sobre o meu colo um pedaço de papel cortado em forma de chaveiro, amarrado na ponta com um círculo de barbante onde estava escrito "Volto já". Eu o reconheci, ela sempre o deixava preso na maçaneta do apartamento onde morava quando ia ao açougue ou à padaria.

Ela tinha medo de que eu chegasse, pensasse que ela ia demorar muito, e fosse embora.

Olhando aquele papelzinho, tive certeza que dindinha estava ali e que nunca ia me abandonar. De uma forma ou de outra, ela sempre estará de volta.

UMA TARDE COM PAPAI

Ando um pouco pensativa, mas sei que é inútil tentar espantar esse ímpeto de fazer um balanço de tudo o que fiz ou deixei de fazer diante das generosas possibilidades que chegam com o Ano-Novo. Talvez por conta disso, peguei meu carro e fui até a Praia de Charitas, onde fica a Ilha dos Amores, que tanto alegrou a minha infância. O sol caía rasgando o céu em tons avermelhados. Abri minha cadeira de praia e me sentei para admirar o fim de tarde. E a ilha estava ali, como sempre esteve, imóvel, guardando a sua história, desconhecida para a maioria dos moradores da cidade.

Quando eu era menina, meu pai adorava pegar seu barco a remo e nos levar – meu irmão e eu – até lá. Era uma aventura. Meu corpo de criança, que não estava acostumado a esses grandes desafios, tremia diante da água gelada e dos perigos guardados por aquele mar. Quando chegávamos, eu levantava os braços automaticamente para papai me puxar do barco e me colocar na areia. Ele contava que ali tinha existido um leprosário e eu, orgulhosa de estar ao lado de um homem tão forte e tão sabido, ficava mexendo nos pedacinhos de ferro fincados na areia que, segundo ele, foi o que sobrou do hospital. Em momentos como aquele, eu tinha certeza de que nada de mau poderia me acontecer, enquanto eu estivesse guardada pelo amor de meu pai.

Hoje, tenho certeza de que papai me amou profundamente, mas só agora, depois que ele partiu, consegui perceber isso com mais clareza. Tudo fica muito nublado diante da morte. Seja da morte de alguém que amamos ou da morte de um ano que antecede a chegada de outro. E é sempre em momentos como esses que nos lembramos dos erros que cometemos com as pessoas que amamos, muito mais do que dos acertos que tivemos. Lamentamos as coisas que poderíamos ter falado e não falamos, os gestos que poderíamos ter tido e não tivemos, aquele abraço e aquele beijo que não conseguimos dar, enfim, tudo o que poderia ter sido feito por uma relação e não fizemos.

Mas a morte, seja ela qual for, também é generosa, acreditem. Porque é a partir dela que podemos fazer um balanço da nossa própria vida. Se ela vai bem ou não, se estamos seguindo o verdadeiro caminho do nosso coração. Isso porque ficamos mais lúcidos diante da nossa própria finitude. Do tempo que não volta mais e da obrigação que temos, como seres humanos, de buscar os ideais de felicidade.

Não daquela felicidade que cheira a final feliz, que cheira a fim, que pode nos ser roubada a qualquer momento. Mas de um estado suave de felicidade que existe nas pequenas coisas, nos pequenos gestos e, principalmente, naquele estado guardado pela palavra possibilidade. A possibilidade de voltar ao passado olhando para uma ilha, de desfrutar um sucesso profissional, de ter momentos bons com seus pais, de olhar com amor para o rosto do seu filho, de ler um bom livro, ouvir uma boa música, comprar margaridas na feira, passear com um amigo, acariciar o seu cachorro, lutar por um mundo melhor, não desistir diante das dificuldades, encontrar um bom amor ou até perdê-lo e estar pronta para recomeçar. Enfim, a possibilidade de sentir o movimento da vida com toda a sua força e inconstância e, principalmente, perceber que o tempo é o único luxo que podemos nos permitir.

SILÊNCIO DE DOMINGO

Nos últimos domingos, meu programa preferido tem sido pegar o carro bem cedo, estacionar em Jurujuba e dali seguir caminhando até a Fortaleza de Santa Cruz, bucolicamente erguida na ponta de um rochedo. A sensação que eu tenho nessa caminhada é a de que estou acordando de um sonho mau e despertando num pedacinho do paraíso.

Aperto o cadarço do tênis, passo pela guarita em passos firmes e, aos poucos, sinto que minha alma vai se desligando do entulho do cotidiano. Pisar naquela estradinha estreita e ficar olhando o paredão debruçado sobre o mar é praticamente uma libertação. Aos poucos, qualquer barulho que não seja o balanço do mar, o canto das aves ou o apito de um navio perdido naquelas águas desaparece. E são o movimento dessas ondas e o cheiro forte da maresia que me conduzem a um passado distante.

Volto a ser criança e sinto como se tivesse novamente 6 anos, quando meu pai me levava para pescar siri nas pedras da Urca. Não lembro se íamos naquele velho Chevrolet de Seu Mário ou no ônibus Lins-Urca, mas isso não importa. Importante mesmo é sentir novamente aquela sensação de acolhimento e cumplicidade que nos unia naquele tempo.

Lembro que, enquanto eu me equilibrava nas pedras, papai jogava o puçá fornido com um generoso naco de carne para atrair os siris, colocava a corda em minhas mãos e recomendava que eu esperasse um tempo até puxar aquela geringonça. E eu ficava ali, um tempão, praticamente imóvel, até papai voltar, colocar a mão sobre a minha e, juntos, puxarmos o puçá. E, quando os siris caíam dentro da malha, eu me sentia a mais abençoada das meninas.

Até que um dia desobedeci meu pai e puxei o puçá sem ele ver. E então senti alguma coisa rasgando a pele do meu fura-bolo. Quando olhei, estava lavada em sangue, e o anzol, que sustentava a carne da isca, varava o meu dedo de um lado ao outro. Tremendo de medo, chamei papai e perguntei, com as mãos estendidas para trás para ele não ver o estrago: "Pai, se eu te contar uma coisa você não briga comigo?". Desconfiado, ele jurou que não, e então estiquei o dedo transpassado pelo anzol na frente dele, que quase morreu de susto. Aos berros, seu Mario começou a implorar por um médico, e não é que apareceu um que estava passando ali por acaso?

O médico então pediu que eu olhasse para outro lado e, delicadamente, retirou o anzol do meu dedo enquanto eu chorava como um bezerro desmamado.

É incrível reviver essa sensação de proteção que só meu pai era capaz de me dar. E isso me leva a sentir o quanto é duro crescer e perceber que somos completamente responsáveis por nossa vida e pela vida das pessoas que amamos. A verdade é que, perto de meu pai, sempre achei que nenhum mal me aconteceria.

Lembro que, desde que me entendo por gente, ele ia todas as noites até a minha cama e colocava a mão na minha testa para ver se eu estava "fresquinha" mesmo diante dos protestos de mamãe. Quando percebia uma ponta de febre, era um deus nos acuda. Me deitava na banheira com água na temperatura do corpo e colocava folhas de alface no meu pulso para a febre descer. Meu pai era assim. Intenso e protetor. Para ele, a pior coisa nessa vida era ver o sofrimento dos filhos. Lembro do dia em que um namorado vegetariano decidiu terminar o namoro na festa do meu aniversário, e ele teve uma crise que culminou com a pérola: "Não liga não, minha filha. Esse comedor de alfafa é um idiota."

Bom, foi a caminhada na fortaleza que me trouxe essas lembranças que, hoje, quando meu pai não está mais aqui, misturam alento e solidão. E foi preciso nadar nas águas profundas do silêncio dessa caminhada de domingo para que eu voltasse a tantos lugares da minha vida e os sentisse de uma maneira que antes não fui capaz. E então volto para casa completamente em paz. Eu e minhas lembranças despertadas pelo ondular das ondas e pelo bailar dos pássaros.

CARTA PARA O MEU NETO

"TumTum... TumTum... TumTum... No início, apenas um coração batendo forte anunciava a sua chegada. E desde esse momento a emoção tomou conta de nós. Você, pequeno ser em formação, já chegou causando alvoroço. Acho que TumTum achou a Terra muito chata e perigosa porque, duas vezes, ameaçou partir, deixando minha nora em repouso absoluto. Com medo de sofrer, eu, como sempre faço, tentei não me apegar demais a TumTum, mas meu amor já era inevitável. Hoje, TumTum está do tamanho de uma pera – da cabecinha ao bumbum –, e na ultrassonografia já vislumbrei traços familiares. Pode parecer loucura, e deve ser mesmo.

É impressionante o rebuliço que TumTum causou na família. Bem, logo na primeira ultrassonografia, ele driblou as técnicas da medicina. Anunciaram que TumTum era Luiza, o que dois meses depois foi desmentido com um telefonema de meu filho: 'Mãe, Luiza é João.' Ri sozinha antes de sair correndo para trocar os macacõezinhos cor-de-rosa por outros de tons menos femininos. É impressionante a mudança que um novo ser faz numa família. Tudo muda de foco, os holofotes agora só iluminam TumTum, que, no aconchego de seu habitat, deve estar imaginando como veio parar numa família tão alvoroçada.

Eu juro que vai ser divertido, TumTum. Seu pai, acredite, virou um compulsivo por sapatinhos, já comprou meia dúzia para você usar nos seus três primeiros meses, o que legitima o exagero de seu sentimento paterno. E um dia, diante da possibilidade de uma estripulia de sua mãe, ele começou a acariciar a barriga dela e pediu: 'TumTum, sai daí, venha para a barriga do seu pai.' Acredite, como avó já tenho planos para você. Bem, se você não quiser é só reclamar. E aceito. Prometo te levar nas aulas de teatro, de música, prometo te levar para ver o mar, passear no campo, mas, acima de tudo, prometo te amar como todas as crianças do mundo devem ser amadas. E, se algum dia eu for uma avó inconveniente, proteste com toda a veemência. Saberei entender.

Como avó, só tem uma coisa da qual não abro mão: fazer tudo para que você ilumine o mundo com a sua luz. Porque algo me diz, TumTum, que você será um ser iluminado, preocupado com as pessoas que habitam esse mundo injusto e confuso. Sei que não vou precisar ensinar você a amar porque o amor já transborda em seu pequeno coração, o que deixa sua avó aqui com os olhos cheios de lágrimas. Para mim, você é uma bênção e também para os seus pais, seus avós maternos, e para sua bisavó Amélia. E, como um homenzinho que você já é, zele pelo voo de sua prima Isabella, que chegará por aqui um pouquinho depois de você. TumTum, enquanto você voa por esse céu azul do universo, tire um tempinho para pensar que a maior conquista do homem é conviver com a liberdade. A liberdade de ser, de não aceitar as limitações que a sociedade impõe. Que você, meu neto, seja arauto de um novo tempo, no qual as pessoas sejam mais verdadeiras e justas. Com carinho, de sua avó."

Impressão e Acabamento:
GRÁFICA STAMPPA LTDA.
Rua João Santana, 44 - Ramos - RJ